逍遥游

余光中 著

中国友谊出版公司

新版序

《逍遥游》是我的第三本文集，一九六五年夏天由文星书店初版，可以算是"少作"了。那时书在台北问世，作者却远在美国，以富布莱特访问学者的身份，在宾州古战场畔的葛底斯堡讲学，刚告一段落。此书初版时的《后记》，便写于那小镇的林肯广场旁边一座七瓴三层古屋的阁楼。那时我独客在美已近一年，家在地球的反面，三个可爱的女儿尚在稚龄，第四个季珊，还是三个多月的幼婴。我一个人高栖在那古屋楼顶，十足一位东方隐士，自觉是世上最寂寞的人。

这本书里的二十篇文章，都是在一九六三年五月到一九六五年六月所写的：论篇幅则长短悬殊，论文体则兼具知性与感性，论写作地点则远隔重洋，实在相当庞杂。前面的十二篇知性文章里，有《象牙塔到白玉楼》《剪掉散文的辫子》《从灵视主义出发》一类的长篇正论，也有《迎七年之痒》一类的杂文和《伟大的前夕》一类的画评。后面的八篇作品则全为抒情散文，有的略带自传而写实，更多的是恣于自剖而写意，可以说是我壮年的诗笔意犹未尽，更伸入散文来贾勇逞能，比起正宗的散文来多一点诗情，比起诗来又多一点现实与气势。

这些文章在我散文与评论的发展上，前承更早的《左手的缪思》与《掌上雨》之初旅，后开《望乡的牧神》之远征，成为重要的转型。那两年在诗上正是我由《莲的联想》向《五陵少年》与《敲打乐》的过渡，足见我的诗艺进展得迂回而缓慢，写了十七八年才能与创作不过七年的抒情散文并驾齐驱。

我的所谓"自传性的抒情散文"，该从一九五八年在爱荷华所写的《石城之行》算起，不料无心插柳，却后来居上，比诗园的花圃长得更茂。收在《逍遥游》中的八篇抒情散文，其最早的一篇《鬼雨》，严格说来，只是我的第二篇此类作品，但其为成熟之作，却远非我的第二十首诗所能比。

这八篇抒情散文里，《鬼雨》《莎诞夜》《逍遥游》都写于中国台湾；后面的五篇则写于美国，除《落枫城》之外，其余四篇全是在葛底斯堡的那半年写的，也是最能见证我当时心情的。《鬼雨》《逍遥游》《塔》等篇的转载率与入选率最高，也常被引证、剖析。《莎诞夜》写于莎翁生辰四百周年纪念的前夕，通宵挥笔而成，是当时《联副》的主编平鑫涛逼稿的结果。至于为什么将《逍遥游》一篇用来做书名，则正如当年我在古屋的阁楼上写的《后记》所说，"因为这是我这次来美国前夕，站在回忆与预期之间如何征服彷徨之感的战史。在中国人行路难的时代，我竟何幸，作异域的逍遥之游"。

难解的是，那次我在美国讲学前后两年（一九六四年至一九六六年），只有第一年写了五篇抒情散文，第二年转去密歇根的卡拉马祖，就只写诗，不再写散文了。从《逍遥游》最后这篇《塔》，到回中国台湾后在一九六六年九月才写的《咦呵西部》，一连十五个月，在抒情散文上竟是一片空白。所以《咦呵西部》与其后的《南太基》《登楼赋》《望乡的牧神》写的虽然也都是那次的美国经验，却是回中国台湾以后追忆旧游所得，毕竟是异时异地之作了，宜乎将其纳入另一本书里。

至于《逍遥游》前面的十二篇批评文字，或长或短，或正论或杂说，都不仅是为批评而批评，而是为了配合我当时的创作方向，在史观与学理上不断探讨，以厘清在语言、文类、诗体各方面必须解决的问题。例如，《剪掉散文的辫子》是要分析当时散文的几种病态，并提倡活泼的现代散文。《象牙塔到白玉楼》是要重认传统，进而把古典接通现代，印证古典并不乏生机，而现代也不缺活水，与我当时在《莲的联想》和《五陵少年》中所追求的殊途同归。至于《凤·鸦·鹑》一文主张新文学不可尽废文言,也是我在散文写作上追求文白交融、中西互济的心得。

《剪掉散文的辫子》早在三十七年前便已发表,可以说是现代散文革命的一篇宣言,引起不少反响。不料近年此文被选入了高中三年级的语文课本,颇有一些教师埋怨此文引经据典,牵涉太繁,而所举西洋文学的例子又非语文教师所易掌握的。因此,我去许多高中演讲,不免自我解嘲,说当年我写这篇文章,原本针对时弊而发,怎么料得到将来会被选入教科书去,平添老师备课的负担呢?其实此文所涉虽广,但挑剔的都是流行已久的毛病,甚至迄今亦未根除。令语文教师备课为难,我虽感到抱歉,但通篇立论却是对症下药,不免苦口,却能益身。至于所举国学者的文章,都是实例,作者均为名家,已经作古。而所举洋学者流的那一大段,倒是我的杜撰,不过是把洋学者的文体"漫画化"了,以夸大其拖泥带水、冗赘不通而已。什么"喋喋派""期期主义""艾艾主义",只是我造来挖苦他们唯洋是从、滥用术语的陋习,根本不必认真注释。至于"莫名其米奥夫斯基",不过是笑其"莫名其妙"而已。

我写《逍遥游》这些文章,正当三十五到三十七的壮年,无论是血肉之躯或湖海之志,生命都臻于饱满。显然,当时我也自觉,到了三十六岁,于灵于欲,生命已抵达高潮。这自觉,在一九六三年七夕为《莲的联想》自序的《莲恋莲》一文里,已显然可见。那两年是我在古今与中西之间思前想后、左驰右突、寻求出路的紧要关头。在赴美讲学的前夕，正如《逍遥游》一文所示，我对于时间似乎忽有所悟，悟此身之短与此心之长，悟古人之近与近人之远，更体悟时间在艺术之中可以自由伸缩。而赴美之后，场景既变，方向盘又在握，一日千里，缩地有功，对空间也似乎忽有所感，感天高地迥，觉宇宙无穷，感此身之有限而生命之无尽，而梦游新大陆之远，正可跳出此身，回顾旧大陆然后是岛屿的岁月。于是我从耽读李贺的低迷痴惘中解脱出来，跳进了高速而自觉的《敲打乐》。终于，我摆脱了《莲的联想》，进入了《在冷战的年代》。

真正可以传后的，恐怕还是后面的八篇散文。无论意识形态怎么变，情之为物仍是人性之常，不易随折旧率而褪色。至于批评文章之得失，往往就见仁见智了。例如，卷首《下五四的半旗！》一篇，题目豪气凌人，说理却强词崇尚西化潮流，不脱革命青年的进化观念。又如《儒家鸵鸟的钱穆》一篇，即使今日看来，说理仍然正确，但措辞则太过犀利，其实理直也不必如此气壮。《从灵视主义出发》一篇，直以抽象为艺术之至境，其言甚辩，其论则未尽周全。凡此种种，皆已成了"昨日之我"，虽已昨日，但仍是本我，不加修改，以存其真，因为那正是我青春盛年的鲁莽脚印，犯不着用白发去妄加遮掩。

目录

1　下五四的半旗!
5　迎七年之痒
13　楚歌四面谈文学
28　剪掉散文的辫子
40　论题目的现代化
48　凤·鸦·鹑
63　象牙塔到白玉楼
99　儒家鸵鸟的钱穆
109　从灵视主义出发
122　无鞍骑士颂
　　　——五月美展短评

126 伟大的前夕
　　　——记第八届五月画展

132 不朽的P

134 鬼雨

145 莎诞夜

152 逍遥游

161 落枫城

170 九张床

178 四月,在古战场

186 黑灵魂

196 塔

206 后记

下五四的半旗！

伟大的五四已经死了。让我们下半旗志哀，且列队向她致敬。虽然她的孩子们，德先生与赛先生，已经渐渐长大，虽然她的第三个孩子，白话文学，已经活了四十多岁，可是五四她自己已经死了。至少至少，在现代文艺的金号铜鼓声中，苍白的五四已经死了，已经死了好几年了。苍白，而且患有严重的心脏病。当胡适之先生在南港倒下，中国新文学史的第一章便翻过去了。写第二章的几支笔，握在四十岁以下的一代。五四固然也有零零落落的几个遗老，可是那几支秃笔已经无能为力，最多最多，每年到了今天，回忆一番罢了。他们的笔，只能为第一章加几条注解，不能写第二章的大标题了。五四死了。新文化的老祖母死了。让我们下半旗志哀，且列队向她致敬。

然后我们将升起现代文艺的大纛，从她的墓前向远方出发。我们如此将她埋葬，并无半点不敬之意。因为，她委实已经太老太老了，虽然还有那么多孩子那么迷信她的青春。现在我们正正式式而且干干脆脆地为她举行了葬礼，这一代的青年们便不能再存任何依赖的心理，而现代文艺的大军进行曲，在悲戚的挽歌之后，将显得更加洪亮甚至震耳。

五四有她的时代意义，在文学史上，她也将常保她的历史地位。五四最大的成就，仍是语言上的。五四文学最大的成就，也是语言的解放，而非艺术的革新。梁启超、王国维、胡适，打破中国文学的儒家传统，把更接近口语的小说和戏剧，提高到与诗相等的地位。这是中国文学史上的空前豪举。从西洋文学史的演变来看，每逢旧有的文学到了僵硬甚至腐烂的时候，便有几个先知先觉的青年作家出来，把老文学浸到新语言里，使它再度年轻、发育，而且成熟。文艺复兴的但丁，浪漫运动的华兹华斯，现代小说的海明威，现代诗的艾略特，莫不如此。可是上述四人和胡适有一个基本的差异。那就是：他们不但放逐了旧文字，抑且创造了新文字，不但是语言的革命家，抑且是语言的艺术家。胡适做到的只是前者。口语，在它原封不动的状态，只是一种健康的材料而已。作家的任务在于将它选择并且加工，使它成为至精至纯的艺术品。西洋的新文学运动，之所以能够成功，是因为它的领导人物，既是革命家，又是大艺术家。然而，胡适不是一位文字的艺术家，他欠缺艺术的气质和才华，他写不出《神曲》《水仙》《永别了，武器》，或是《荒原》。这种作品，要靠现在写第二章的几支笔，才写得出来。

五四的作家们，曾经大声疾呼，要推行西化。可是他们的认识赶不上他们的口号。在艺术和音乐上，他们几乎不知道印象主义是怎么一回事，不知道莫奈和德彪西以后发生了什么。在诗上，他们几乎不知道象征主义以后的欧美诗坛。自由主义的作家们，似乎只知道浪漫主义，只知道雪莱和歌德。"左"倾的作家们，似乎只知道自然主义和写实主义，只知道左拉、高尔基、易卜生。他们在文艺上的西化，是不够彻底的。

西化不够，对中国古典文学的再估价也不正确。"左"倾作家们要用阶级斗争的批评眼光去看我们的伟大传统，其偏激失实固不值一论。其他的作家们，也或多或少地盲目地否定了传统中的某些精华。在改造社会的热忱之中，他们偏重了作品的社会意义，忽略了美感的价值。胡适热衷于白居易的社会诗，而"最讨厌秋兴一类的诗，常说这些诗文法不通，只有一点空架子"。在中国的文学之中，胡适不能欣赏杜甫的佳妙；在西洋的文学之中，他的不欣赏艾略特，自是意料之中的事。他偶听叶公超先生说起，艾略特好用典，便以为艾略特在复古。他不曾明白，艾略特成为西洋现代诗和诗剧巨匠的原因之一，便在于他调和现代口语和古典文字。

五四的作家们，就在这种左右皆不逢源的半真空地带，企图建立中国的新文学。大致上说来，他们是失败了。不错，他们成了名，可是在艺术上并没有成功。英国的文艺复兴成功了，一半因为乔叟、魏艾特爵士、塞瑞伯爵等作家，先后把法国和意大利的新文学介绍到英国去。可是五四的留学生们并没有努力介绍西洋的，尤其是现代西洋的文学。在美国多年的胡适先生和林语堂先生，现仍在英的陈西滢先生和凌淑华女士，留法回来的苏雪林女士，似乎完全不曾留意这些国家的现代文艺。有的非但如此，还在误解之余，攻击国内的现代文艺运动，或者予二三流的作品以溢美之词。久居国内的罗家伦先生，竟也写起旧诗来了。这些五四人物，都曾是青年敬佩的偶像，也曾是我高中时代的可羡目标。在某些方面，今日我仍然敬仰他们。我对他们的失望，是从整部新文学史的观点出发的。

　　然则这一切不是很清楚了吗？五四的新青年们，死的死了，老的老了。旧的时代已经完全过去。中国新文学史的第一章已经写完，胡适的逝世只是最后的一个句号。第二章已经写下了绪论，但仍留下大片的空白，等我们去飞跃。"敲马齿"的朋友们，举起我们的笔来！

迎七年之痒

不按牌理出牌的《文星》月刊，居然打出了好几张王牌。《文星》的出现，是近年中国文化界的一个奇迹。用化学元素譬喻，它是稀金属，是镭，是精神癌症的克星。用血型譬喻，则它是新血型，是 C 型（Courage）。《文星》是勇敢的，它不按牌理出牌，而且，只要看准了，往往全部 show hand（亮出底牌），决不逃避。

这局牌，一打打了六年，有没有打赢，目前还很难说。可是，一本刊物，只要能继续出下去，不违初衷地出下去，也就算是赢了。现在六年就要过去，七年行将展开，《文星》应该怎样去迎接这七年之痒呢？

痒原是一种生理现象，其感觉介于舒服和难过之间。搔到了，那真是难以形容的舒服；搔不到，依然只是难过。有些话，自己说不出，别人又说不中，便成为心痒难搔。作家虽多，奈何搔来搔去，总似乎隔着一双厚皮靴子，木愣愣地，怪不着力。今日中国的文化界，痒得很像一只资深的香港脚，可惜大半的文化人，误把厚皮靴子当成了那只脚。结果搔者自搔，痒者自痒。真要搔到痒处，必须把那双不痛不痒的厚皮靴子直截了当地当众脱下来，然后直抓那皮肤。"杜诗韩笔愁来读，似倩麻姑痒处抓。"《文星》做了六年，将来仍要加强做的，正是高力士加上麻姑的这种工作。

我把文化譬为香港脚，还算是客气的。英国现代小说家赫胥黎（Aldous Huxley）干脆喻它为狗。在他那篇极妙的《附庸风雅说》（*Selected Snobberies*）一文中，赫胥黎说："社会上充满附庸风雅之徒，正如狗身上爬满了跳蚤；至少可以避免瞌睡。"事实上，无论文化是一只香港脚，还是一只老狗，只要它能经常痒下去，而且经常搔下去，总是好事。最怕香港脚已经麻木，而老狗也老得吠不动了，这个民族也就完了。

七年之痒，其痒无比，即有麻姑之爪，也应择要而搔。《文星》的封面标榜思想、生活和艺术。事实上，三者合为一体，便是蓬蓬勃勃的现代化运动。在逐渐壮大的现代化运动之中，《文星》一直是一本最醒目最动听的刊物。过去它全力以赴，未来更要努力争取的，是两种相辅相成的风格。

第一个风格，是"年轻"。唯年轻，才能鼓舞青年。《文星》

的英译是 Apollo，我觉得这个译名很好。Apollo 在希腊神话中是诗与音乐之神，诗与音乐本来就诉诸青年的心灵。更重要的，在古典文学之中，Apollo 还象征太阳和壮美的青春。时代应该是属于青年的，青年应该是活活泼泼的。可是我们这一代的青年并不活泼。他们活泼不起来，因为欠缺活泼的空间。这简直是老人的世界！密密麻麻的胡子垂下来，连一只小甲虫都飞不进去，形成一重"须幕"。以我的母校台大为例，翻遍教职员录，没有四十岁以下的教授。许多系的教授，平均年龄都在五十八九岁。这种年龄，离"人生开始"固然还有一点距离，但是，除了少数例外，离"思想结束"已经非常近了。所谓 faculty（教职工）的 faculty（能力），多已在退化之中。也许在文学和艺术的天地，青年没有早熟的成就。可是在思想界，年轻也不一定就等于浅薄。叔本华出版《意志与观念的世界》时，只有三十岁罢了。常有人说，我们这一代的青年暮气沉沉，远不如五四时代的青年活泼。他们忘记了，当时的青年受人重视也远甚今日；胡适二十六岁便任教授，三十九岁便任院长了。

"年轻"当然不能以年龄为准则。廉颇驰马，姜尚钓鱼，千载而下，犹令人气为之王。年轻应该更是心理的现象，唯创造者始能年轻。可是今日文化界的某些领导人物，除了长寿之外，便一无所长。文化界，只见一些耆耆宿宿在自我陶醉，互相标榜。那些陶然醉眼，只看得见香港来的演员，看不见年轻的阮籍们，对他们只有白眼，也看不见那些白眼之中，瞧不起的表情！中国未来的希望，绝对不在那些蚁聚蜂拥的"大众"，尤其不在那些苍颜白发的"醉翁"！

唯一的希望在青年，有思想、有抱负、有毅力的年轻心灵。《文星》要发掘和鼓舞的，正是这些青年。文化上的重要运动，大半以先知先觉的年轻心灵为领导。掀起震撼全欧的"狂飙运动"的，是非常年轻的歌德和席勒；两位作家在出版他们第一部重要著作时，都只有二十二岁。五四那年的胡适，加上傅斯年和罗家伦，还不及今日某些元老一个人的年龄。于今五四不但美人迟暮，甚至风韵亦荡然无存。美其名曰"大器晚成"，事实上只是"晚不成器"。美其名曰"老骥伏枥"，事实上无非"马齿徒增"。我们这一代的文化早呈虚脱状态。五四到现在，已近半个世纪。我们早就应该有第二个五四了。青年在等着，历史在等着，等一个新型文化的诞生。

《文星》的任务，将是沉重而庄严的。在希腊神话里，Apollo的另一个职责，是预言。他应该在思想、生活和艺术的迷雾中，为年轻的眼睛指出一条前途。他应该指出，一个真正的现代中国青年，在办去海外的手续之外，还有许多事情要做。他应该指出，武侠小说、麻将牌、同乡会、旗袍，加上梁山伯与祝英台，并不等于文化。他应该指出，许多所谓权威只是吼不出声的石狮子。他应该指出，一张漂亮的成绩单，一张博士文凭或教授聘书，也不等于学问。尤其重要的，他应该指出，要在思想、生活和艺术上做一个现代青年，必须具有清晰的头脑，勤奋的四肢，以及敏感的心灵。

科学是现代化运动的一大部门，宜乎应有两个教育部长先后努力提倡。科学可以使我们生活现代化，但是使我们感受现代化的却是文艺。在台湾的十几年中，现代化得最有声有色的，依次是现代画、现代诗、现代小说、现代散文、现代音乐。在几乎没有鼓励的惨淡经营下，一个现代文艺的运动已经初具规模了。活跃在今日文艺界的青年作家群，必然有十几个名字会辉耀在未来的文化史上。现代雕塑在杨英风等的努力下，现代建筑在汉宝德等的呼声中，也已引起注意。胡适死了，南港的那座小坟已成为中国文化史的分水岭。中国的知识青年正等待《文星》以全力支持第二个五四。

在塑造现代青年的力量上，一份开明的刊物绝对不下于一个大学。"圣人无常师"，可是大学的老师是不容选择的。真正能够传道、授业、解惑，真正能够启示心灵的教授，实在不多。在大学的门墙之中，空气颇不清新，也许是粉笔灰太浓了的缘故。《文星》已经渐渐成为大学生心目中一本既严肃又活泼的刊物，在许多大学里，每逢月底，学生们对于它的等待是热诚而急切的。六年来，《文星》作者的平均年龄似乎一直在降低，而文章的水准却努力在提高。年轻，但不幼稚，便是《文星》吸引高级知识分子的原因。

在年轻之外，《文星》的另一风格应该是"独立"。一份标榜思想性和艺术性的刊物，像一位作家一样，必须具有个性。千人诺诺，何如一士谔谔？在今日，正如在过去一样，人云亦云的刊物太多了，那样的刊物，多一份不如少一份。杂志协会的兴衰，与会员的数目不必成正比。可是"独立"并不等于"孤立"。具有独立的见解和超然的立场，必能渐渐赢得普遍的同情，绝对不曾陷于孤立。在真理和邪说的拔河赛中，有个性的刊物绝对不怕参加少数的一方，哪怕那只是"唯一的少数"（minority of one）。在多次的论战之中，《文星》曾经忠于自己的理想，不惜独犯众怒，只求解决问题，说出青年人心里想说的话。在另一方面，"独立"并不是"好勇斗狠"。目前便有三两本杂志，似乎专以逞气快意为务，结果并不受读者的普遍重视。独立尚须以坚实的内容为基础，仅仅做到与众不同，甚且标新立异，不能算是独立。在政治上，我们都是民主的信徒，可是我们尊敬的，是大众的（集体的）人权和（个别的）人格，不是大众的见解。通常说来，大众是盲从的；他们往往以耳代眼，以眼代脑，十分容易接受大众传播工具（报纸、杂志、广播、电视、标语，甚至电影）的影响。在这种场合，高明的见解固然很多，不高明的似乎更多。在这种场合幢幢然作祟的，是培根所说的四种"幻觉"（idols）。《文星》的任务便是驱逐幻影，揭示真相。

> 它要求我们保持点高度,
> 当暴民有时候受人左右,
> 超越了赞美或非难的分际,
> 让我们选一颗像星的东西
> 支持我们的心灵,获得援救。

有"新英格兰的苏格拉底"之誉的佛罗斯特,以星来象征独立而超然的精神。这种精神应该就是"文星精神"。不过,在"独立"和"超然"之外,对若干问题我们应该有一贯的看法。在思想界沉闷的时期,《文星》曾经掀起好多次论战,且以"讲台"自许,让正反双方都登台辩论,而留待读者去评判优劣。可是,上台容易下台难,辩论结果,总有一方下不了台。现在,让我们希望,"打擂台"的时代已经过去。要讨论一个问题,《文星》本身应有基本的看法,不得像斗蟋蟀般作壁上观。我并不是说,我们要做到清一色的程度。我只是说,我们应以中国的现代化运动作讨论一切问题的标准。思想幼稚的,作风乡愿的,文字恶劣的,皆不在欢迎之列。

当然,《文星》本身也绝非天衣无缝,可是在种种条件的限制之下,我们已经尽了本分。我们渴求改进。文化衰落,是每个知识青年的耻辱。在现代化的运动之中,我们欢迎那些真正可敬的前辈,欢迎已经崭露头角的作家,更应该发掘那些尚未脱颖而出的青年。与其在收割后的麦田中拾穗,何如及早插下青秧?

　　一九六四年将是最痒的一年。那只香港脚将空前地烂,空前地痒,且需要空前地搔。萧郎勉乎哉!

楚歌四面谈文学

> 襄阳小儿齐拍手　拦街争唱白铜蹄
> 旁人借问笑何事　笑杀山公醉似泥

黄梅雨的季节。黄梅调的季节。麻将牌的雀噪第一次显得低沉了。盖过它的,是流行的黄梅调,是"楚歌"。当然不是令人警惕的世界局势的四面楚歌,请放心,只是泛滥在台北街头的四面楚歌罢了。而在这弥天漫地的楚歌声中,还可以听见另一种声音,初唏嘘以呜咽,继号啕而滂沱。这一次,不但小市民们齐声哭,即连许多大学者,许多已经到了"人生开始"的老教授,也涕泗阑干起来。这真是黄梅雨的季节。

通俗文学,民间艺术,被小市民们狂热地喜爱,原是非常合理的现象。大学者们，走下高高的讲坛，与民同乐，甚至与民同哭，也是他们的自由；不失童心，毋宁是可爱的举动。哭之不足，继而发表一些哭后感，也很有趣。可是老泪纵横之余，他们竟然有点老眼昏花起来，把一切不肯陪哭的人都归入"高等华人"之列，并且硬派给别人一顶"没有民族自尊心"的帽子，就未免太小市民了。这又回到了"文学大众化"的老问题。大学者的权威，仅限于他的本行。超过本行，他就暴露"虎落平阳"的窘态。文学和政治至少有一点不同，即政治可以民主，文学不可以。文学作品的欣赏和文学作品的评价，往往不能仅恃教育的程度。此所以大学者的品位能力，很奇怪地，往往与小市民相去无几。这种贫弱的品位能力，加上用非其所的爱国情绪，遂使文学批评丧失客观的标准。

那张香港影片，和大多数的小市民一样，我也看过。但是我只看了一遍，因为该看的，和该听的，都在一遍之中了。在国产片中，我认为这已是上品，但就国际水准而言，还有很大的距离。问题恐怕不在演员，而在编导。我不拟在这里讨论它的得失，因为我毫无兴趣，也不是影评专家。我的注意力集中在因此片而引起的某些文学问题上。像一位医师一样，我只看得见病，看不见病人。如果有人觉得我"目中无人"，那是因为我目中只有细菌。我的第一个诊断是：

眼泪并非文学

或者可以更广泛地说,感情并非文学。这一点,小市民们是很难了解的。我们常说,嬉笑怒骂,皆成文章。我们也常说,大块假我以文章。因此我们常有一个幻觉,即感情本身或自然本身就等于文学,同时,越强烈的感情或者越美丽的自然,等于越动人的文学。

这是非常错误的。嬉笑怒骂是人性,大块是自然,它们都是文学要处理的对象,但是不等于文学本身。原封不动的感情,只是原料性的第一经验,必须经过艺术的选择和加工,始能蜕变为成品性的第二经验。现实的经验和艺术的经验之间的距离,正如桑叶和丝绢,燃料和火焰之间的距离。我们常听人说:"你是诗人,应该热情奔放才对!"现在我们必须弄明白:诗人之所以成为诗人,与其说是因为他热情奔放,不如说是因为他,正好相反,比常人更能保持冷静,并且在一个恰好的距离外,反躬自省,将那份热情(就算是热情吧)间接地,含蓄地,变形地,点化成可供孤立观赏的艺术品。我说诗人比常人冷静,并不意味着诗人比常人寡情;只是想指出,诗人对于感情,既能深入,又能复出。在感受现实的经验时,他可能和常人一样沉浸其中,不胜低回,可是在处理这些经验时,他必须身外分身,痛定思痛,不能泪眼模糊,以致妨碍视线。

诗人不必热情倍于常人。论热情，他恐怕远逊于许多社会新闻的人物。桃色案件的主角，当真是热情奔放，就是因为既奔且放，不知含蓄，才会出事。诗人的事，只出在作品中。他也许也有非分之想，想自杀，想杀人，想私奔，可是这些现实生活的冲动，幸而都蜕化，都升华为艺术创造的冲动。这种过程好像氧化，将腐朽的木叶变成火焰。

　　这里要再三强调的是：嬉笑怒骂不成文章，大块烟景也不就是文章。喜极而歌，怒极而诟，悲极而泣，都不等于作品本身；也就是说，寿贤者，骂国贼，哭考妣，并不一定就成为艺术品，尽管贤者应寿，国贼应骂，考妣应哭。艺术是表现的完成，不是发泄感情的工具。举国皆哭，不能把一篇作品哭成杰作。文学史上，这种"眼泪文学"多的是，从塞缪尔·理查森（Samuel Richardson）的书翰体小说到苏曼殊的《断鸿零雁记》，无一不是被眼泪浸湿了的哭文学。《少年维特的烦恼》是歌德最出名的作品，恐怕也是他最脆弱的作品。浪漫主义比较幼稚的一面，便是自怜，且诉诸读者的自怜。浪漫主义的作家莫不耽于悲哀，而喜爱浪漫主义的读者，亦有一种"为悲哀而悲哀"的嗜好。这类读者以少年居多数；他们的感情很容易就达到饱和点，泪腺立刻开始工作了。"少年不识愁滋味"，而偏爱说愁；真正识得愁滋味的，才"欲说还休"。最深刻的艺术，不是"刺激"读者，使之流泪，而是要赋读者以一种新的宇宙性的观照能力；它予读者以"悲剧观"（tragic vision），而不是一手绢一手绢的眼泪。

同样地，自然本身也不等于文学。自然界的美并非文学中的美——一片月光，一朵蔷薇，一座森林，一只蝴蝶，可能"美得像一首诗"，但是，在未经艺术处理之前，并不等于诗；正如自然界的天籁，鸟鸣虫吟，不等于音乐一样。一般读者以为把"可歌可泣"的情操写入诗中，再衬以"如诗如画"的背景，便成为一篇杰作，是非常错误的。

大众不懂文学

我的第二个诊断是：大众不懂文学，或者可以说，大众根本不在乎文学，是一种无可争论的现象。每逢"明星"过境，松山机场上必然蚁聚蜂拥，挤满了"大众"。世界性的艺术家，如名见音乐史的钢琴家塞尔金（Rudolf Serkin）来台时，欢迎的寥寥无几。巴黎的贵妇在沙龙里捧肖邦；台北的阔太太们在戏院里捧——谁呢？对于大众而言，毛公鼎何如钢蒸锅，敦煌石窟何如防空洞？对于大众而言，周邦彦何如周蓝萍，盖大众只解"顾周郎曲"，并非"顾曲周郎"。

把文学艺术交给大众，必然演成无政府状态。可是这正是一个将一切诉之群众的时代。当文艺批评尚未建立起学术的权威，当学术界太迂而新闻界太油，一切都丧失标准，除了市场的销路和票房价值。古代的情形似乎好些。欧洲的古典文艺，或操纵在僧侣之手，或盛行于宫廷之中。斯宾塞的诗，莫扎特的音乐，狄兴的画，都是在贵族扶植（patronage）下的产物。贵族之中，当然也有许多愚妄之徒，但就一般而言，他们的品位能力比现代的大官僚、大学者高得多了。在中国，由于政府重视文学，更由于考试制度的奖励，文学亦曾享一时之盛。在这种浓厚的文学气氛中，请注意，旗亭上的歌妓唱的是"黄河远上白云间"，不是"棒打鸳鸯两头飞"。我们常听人说，新诗如何如何不发达。那是因为唐代考试科目之中有诗一项，才有"省试湘灵鼓瑟"那样的好诗。如果今日的大专联考也要考写新诗，你看新诗会不发达吗？！当然，我绝不赞成那么做。

这种教育大众，建立批评的任务，应由大学的中文系和外文系来担当。可是事实上，它们是很少闻问这件事的。那么多的中文系，十几年来做了多少社会教育的工作呢？本行的传道授业有之，解惑则未必。对于五四以来的文学的批评，至少可说是交了白卷。在英美，英文系的教授研究当代作家如艾略特、海明威者，比比皆是。外文系当然也不尽如理想，可是只要我们开一张台湾青年作家的名单，便不难发现，其中出身于外文系者，恐怕十倍于中文系的毕业生。这还不值得我们反省吗？

一般读者有一个幻觉，即文学不是一门学问，因而每个人都可以任意批评文学作品。他们说："文学处理的既然是人性，我也是人，也具有永恒而普遍的人性，难道我不能决定某篇文学作品在这方面的成败吗？"当然能够的，亲爱的读者们。每个人都有喜怒哀乐的经验，甚至还有不可名状的神秘感觉。这些经验和感觉，是普遍的，也是个人的，因此每个人多少都懂得那是怎么一回事。但是并非每个人都知道如何去表现它们，也不是每个人都能决定表现的成败。反过来说，每个人都具有肉体，自知痛痒，可是当他要知道自己是否有肺病或沙眼时，虽然肺在他自己的胸腔里，眼在自己的脸上，他并不自知，他只好去看医生。像肉体这么具体落实的东西，他自己都没有把握，那么，像精神、像灵魂这么虚无缥缈的东西，他凭什么一定有把握呢？关于后者，他必须去看文学，看文学家，看文学批评家。

明白晓畅，是文学的风格之一，但并非文学的至高美德。这也是一种事实，没有什么可争辩的。柳永是大众化的，但是"有井水处，皆歌柳词"的现象，不能证明柳永高于苏轼。同样地，老妪都解的白居易，显然比不上无字无来历的杜甫。即在老杜自己的作品之中，也有大学者们如胡适者欣赏他浅俗的《九日》，而低估他精妙深婉的《秋兴八首》。即以清真为贵的李白，他的作品也互见高下；"床前明月光"可以说是他最平凡的作品，比起他的《梁甫吟》《襄阳歌》就逊色了。作家总应该走在读者的前面几步，不断地予读者以层楼更上的惊喜。艺术毕竟不是装得整整齐齐的一盒巧克力糖,一掀开糖盒子,就可以捡一颗往嘴里送。它毋宁更像一颗胡桃,需要读者层层敲剥,而渐入佳境。人类的惰性是文学创作的,同时也是文学欣赏的致命伤。欣赏的过程,往往就是克服惰性,超越偏见,征服新疆的过程。拜伦见不得华兹华斯的诗,柴可夫斯基听不得瓦格纳的音乐。艺术家自己都看不清楚,何况是外行的大众。文学不能大众化,但大众经教育后可以文学化;到大众文学化时,文学当然也就大众化了。

　　许多人"挟大众以令作家",可是大众只是一个界说含混的名词,究竟谁是大众呢?首先,如果大众是指未受教育的文盲,则文学永远不可能大众化。所谓"引车卖浆者流"之中,在今日的台湾,已经有不少并非文盲。我常看见三轮车夫们,悠然自得地坐在自己的车上,读联合报。今日台湾的教育,已臻空前普遍的程度。谁要是以为"大众"都是文盲,或者仅仅略识之无,那就大错特错了。其次,如果"大众"是指一般小市民,则他们的文学趣味之低,文学胃口之弱,是一种无可争辩的现象,虽然在民主政治的意义下,他们的人格与任何高等知识分子相等。(政治和文学不同:在政治上,一张选票是一张选票;但是在文学上,一张戏票并不等于一张选票。)那么,只剩下知识分子。受了多年教育(任何高中生都读过六年语文,任何大学生都读过大一的语文和英文,其中不乏文学杰作),如果还不能培养出一点纯正的趣味，至少也应该懂得如何去尊重纯正的作品。身为高等知识分子，就应该向更高的心灵看齐，不应该被自己的惰性牵着鼻子走。穆罕默德应该去登山，登山乃可一览天下；山是不可能化成平原来俯就穆罕默德的。文学大众化，因此，只是懒人的妄语。如果我们的大学者都和小市民一般见识，则"大众"更振振有词了。

自尊无补文学

我的第三个诊断是：盲目的自尊，夜郎的自大，只是自欺。自欺无补于文学，亦无补于文化。如果自己确实置身于文化沙漠，那就得承认这是文化沙漠。而且努力把沙漠耕耘成吐鲁番盆地。如果在沙漠上瞥见了什么海市蜃楼，就误以为那真是"汉家陵阙"，误以为中国的文艺复兴已然在望，只是自欺罢了。在沙漠之中，我们需要的是骆驼，而不是鸵鸟。

如果我们说，中国的古典诗可以雄视世界诗坛，我们的自豪确是有根据的。中国的文字，由于欠缺系统井然的文法，本不宜于科学的思考，但有利于文学的创造。但是中国古典诗的优越，恐怕比较局限于抒情诗，而不及于史诗和叙事诗。从楚辞的传统发展下来，中国本来可能出现伟大的史诗，但是儒家的伦理讳言

"鬼神",乃使本来就不发达的神话更趋式微。如果我们说,儒家"阉"掉了汉族的想象力,恐怕也不为过。因此,尽管我们有足以自豪的抒情诗,却缺乏《伊利亚特》《奥德赛》《埃涅阿斯记》《神曲》《失乐园》等史诗巨构。

即以田园诗而论,我们的陶靖节也比希腊的忒奥克里托斯(Theocritus)晚了七个世纪。我们素爱自诩一切比别人为早,但是不善表情不屑叙事的中华民族,在戏剧艺术上,无可争辩地比希腊晚了一千多年。当希腊第一位大悲剧家爱斯基勒斯写《波斯人》(*The Persians,* 公元前 472 年)时,我们的屈原连影子还不见,遑论关马郑白了。在绘画方面,我们的悠久传统和卓越成就是可以自豪的。所以我们的古艺术品在美国五大都市的艺术馆展出,受到异常热烈的欢迎和评价。可是我们却很难想象,中国的音乐(以目前屡闻的国乐为例)如在卡内基厅演奏,会有相等的成功。音乐本是时间的艺术;所谓高山流水,所谓阳春白雪,都笼罩在传说的雾中,谁也没有听过。一定要说中国的丝竹如何胜过西方的交响曲,那真是要"笑杀山公"了。即就交响曲本身而言,也还有(大学者所谓的)"暴露"与"潜在"之分。柏辽兹《幻想交响曲》固然钟鼓齐鸣,"聒耳欲聋",佛朗克的《D 小调交响曲》(*Symphony in D Minor,* by César Franck)却回旋高雅,有如圣乐,非常"潜在"。

说西方文化是"暴露"的,是一项十分武断的假设。西方文化，反映在文学和艺术上面，本来就可以分成"暴露"和"潜在"的两种风格。事实上，这就是浪漫与古典，戴奥耐塞斯与阿波罗之分；米开朗琪罗与拉菲尔，戴拉克鲁瓦与安格尔，瓦格纳与德彪西，托马斯与艾略特，几乎每个时代都有这两种对照的精神。

鸵鸟们只看得见自己的"潜在"，却看不见他人的"潜在"。于是他们只看见希腊和罗马的断柱，看不见自己的西风残照。于是他们嚷嚷：希腊垮了！罗马垮了！法兰西垮了！英吉利垮了！君不见，夷狄之国不长存？结论当然是：唯我炎黄世胄犹"屹立"于宇内！壮哉此论，气派倒不小，只是上述诸民族之所以式微，与其说是因为"暴露"，还不如说是因为太"潜在"，因为那种文化类型已经"逾龄"了。说希腊的文化是"暴露"的，简直可以说是无知。古希腊人在文艺之神阿波罗的德尔菲庙中刻着的"自省"（Know Thyself）与"中庸"（Nothing to Excess）两大原则，后来也就成为苏格拉底、柏拉图、亚里士多德三大哲人的基本思想。含蓄与自律，原是希腊古典文艺的精神。罗马的塞内加（Seneca），法国的布瓦洛（Boileau），英国的颇普、詹森和安诺德，莫不师承古希腊的这种遗风。这些民族的没落，恐怕关系"潜在"者多，而关系"暴露"者少。

希腊文化也有它"暴露"的一面，那便是对酒神戴奥耐塞斯的崇拜。戴奥耐塞斯象征的是本能的解放，阿波罗象征的是理性的自律。说得浅些，希腊的太妹们，那些耽于逸乐的米娜德（Maenads），都是酒神的信徒；说得深些，苏格拉底在狱中弹奏的音乐，尤利比底斯的最后一本戏剧，都是戴奥耐塞斯型的艺术。意大利和法兰西承受的，是希腊文化中属于阿波罗的部分；日耳曼民族承受的，则为戴奥耐塞斯的遗风，从巴赫到贝多芬再到瓦格纳的德国音乐，是最好的表现。成为浪漫运动之先驱的"狂飙运动"发生在德国。自马丁·路德以来，日耳曼民族不乏主张解放本能的大师：尼采、瓦格纳、斯特劳斯（Richard Strauss）、弗洛伊德等，都是现成的例子。即就现代艺术而言，着重形式安排的立体主义肇始于法国，而着重内容表现的表现主义却大盛于德国。法兰西是"潜在"的，德意志是"暴露"的，可是今日的法兰西积弱不振，德意志却仍是一个强国。

当堂堂的台北市在篮球架下听音乐时，大学者们竟认为周蓝萍的音乐是如何美妙的艺术。周蓝萍的流行歌曲只能满足小市民和这样子的大学者。这位"大众音乐家"，曾将我十年前的一首诗谱成不伦不类的流行歌曲，而四海出版社也未经我的同意，就将它制成了唱片。像这种歌曲，不中不西，连复古和崇洋都谈不上，怎么能算音乐？

站在中西文化相互激荡的十字街头，浪子们高呼要打倒传统，孝子们则高呼传统万岁。这种文学的进化论和退化论都是不能成立的，因为文学既不进化也不退化，而是回旋式的变化，是所谓"隔代遗传"（atavism），而不是"优生学"（eugenics）。

激进派误以为文学是进化的。他们有一个幻觉的现代优越感，幻想十九世纪是"落伍"的，十八世纪当然更"落伍"，以此类推。可是某种文学形态往往有它独立的生命，从青年至老年而至于死亡，原是很自然的现象。诗至晚唐，词到南宋，都呈衰老的现象，同时也就被另一形态的文学所取代，再从年轻时期开始生发下去。我们不能否认，从杜甫到李商隐再到西昆体诸子，确是在走下坡路。文学上如果也有进步的现象，那往往是偏于技巧，而不是精神。同为大艺术家，以技巧、以表现方式见长的作者，往往因吸引许多追随的时人或后人，而形成派别。例如，李白和杜甫，同为盛唐诗宗，但杜甫可学，而李白不可学，因为杜甫似乎更"技巧化"。可是学杜甫的人，往往也只能学他的技巧；没有他那种先忧后乐的胸襟，怎能攀登他的境界呢？梵高和塞尚是另一个例子。梵高不能学，如果你没有他那种宗教的狂热；塞尚可学，因为他是一个大技巧家。几千年来，"进步"的只是这些可学的技巧，但是在气质上，在境界上，我们敢说自己比屈原、杜甫、贝多芬和米开朗琪罗"进步"了吗？文学作品有时代性，也有永恒性，而后者是无法"进化"的。文学毕竟不是科学，无法保证后来必定居上。

当然，文学更不是"退化"的。否则我们可以把建安以来或天宝以降的作品，全部交给燧人氏去处理。杜甫以后固然不再有杜甫，但杜甫以前亦未闻有曹雪芹。同样地，米开朗琪罗以后固然不曾有米开朗琪罗，但他以前又何尝有毕加索？时间往往把一位作家笼罩在神秘的雾中，并为他加上一圈光轮。如果司马相如就在你隔壁的餐馆里洗碟子，你会把他当成文豪吗？我们固然缺乏汉唐的社会环境，但古人尤缺乏我们的生活经验。有新经验便有新精神，有新精神便产生新的表现形式。除了现代生活之外，新的艺术，新的音乐，无一不在为我们提供新的技巧，而这些，是古人绝对梦想不到的。

自尊和自卑，均无补于文学。不卑不亢，不偏不颇，是欣赏文学和创造文学的健康的态度。谏迎佛骨，焚烧教士的时代过去了。身为大学者，就应该走在青年的中间，如果不是前面的话，何必尽把一些海市蜃楼说成摩天大厦，而陷青年于无视现实的绝境。某种学问的权威，在另一种学问面前，可能只是个学童。在这一行可以杖国杖朝，在另一行也许只够青梅竹马。

以上所说，可能只是一病的三态——敏于观己，便知道眼泪并非文学；敏于观人，便知道大众不懂文学；多加比较，便可以免于盲目的自尊或自卑。文学是给睁开眼睛的人读的。

我很明白，这篇〈楚歌四面谈文学〉发表后，很可能自陷于"四面楚歌"的境地。可是眼看缪思蒙尘，我又何惧乎垓下一战？阔太太们，大学者们，别唱了，别哭了，别"拦街争唱白铜

蹄"了,眼泪不是文学。听听莎老胡子的劝告吧:

  别再叹气了,太太们,别再叹气:
  别再哼小调了,别再哼哼又唧唧!

剪掉散文的辫子

英国当代名诗人格雷夫斯（Robert Graves）说过，他用左手写散文，取悦大众，但用右手写诗，取悦自己。对于一位大诗人而言，要写散文，仅用左手就够了。许多诗人用左手写出来的散文，比散文家用右手写出来的更漂亮。一位诗人对于文字的敏感，当然远胜于散文家。理论上来说，诗人不必兼工散文，正如善飞的鸟不必善于走路，而邓肯也不必参加马拉松赛跑一样。可是，在实践上，我总有一个偏见，认为写不好（更不论写不通）散文的诗人，一定不是一位出色的诗人。我总觉得，舞蹈家的步态应该特别悦目，而声乐家的谈吐应该特别悦耳。

可是我们生活于一个散文的世界，而且往往是二三流的散文。我们用二三流的散文谈天，用四五流的散文演说，复用七八流的散文训话。偶尔，我们也用诗，不过那往往是不堪的诗，如歌颂上司，或追求情人。

通常我们总把散文和诗对比。事实上这是不很恰当的。散文的反义字有时是韵文（verse），而不是诗。韵文是形式，而诗是本质。可惜在散文的范围，没有专用的名词可以区别形式与本质。有些散文，本质上原是诗，例如《祭石曼卿文》。有些诗，本质上却是散文，例如蒲柏的 Essay on Criticism（论批评）。这篇名作虽以"英雄式偶句"的诗的形式出现，但说理而不抒情，仍属批评的范围，所以颇普称它为"论文"。

在通常的情形下，诗与散文截然可分，前者是美感的，后者是实用的。非但如此，两者的形容词更形成了一对反义字。在英文中，正如在法文和意大利文中一样，散文的形容词（prosaic, prosaique, prosaico）皆有"平庸乏味"的意思。诗像女人，美丽，矛盾，而不可解。无论在针叶树下或阔叶林中，用毛笔或用钢笔，那么多的诗人和学者曾经尝试为诗下一定义，结果都不能令人完全满意。诗流动如风，变化如云，无法制成标本，正如女人无法分解为多少脂肪和钙一样。至于散文呢？散文就是散文，谁都知道散文是什么，没有谁为它的定义烦心。

在一切文体之中，最可厌的莫过于所谓"散文诗"了。这是一种高不成低不就，非驴非马的东西。它是一匹不名誉的骡子，一个阴阳人，一只半人半羊的 faun（农牧神）。往往，它缺乏两者的美德，但兼具两者的弱点。往往，它没有诗的紧凑和散文的从容，却留下前者的空洞和后者的松散。此地我要讨论的，是另一种散文——超越实用而进入美感的，可以供独立欣赏的，创造性的散文（creative prose）。

据说，自五四以来，中国的新文学中，最贫乏的是诗，最丰富的是散文。这种似是而非的论断，好像已经变成批评家的口头禅，不再需要经过大脑了。未来的文学史必然否定这种看法。事实上，不必等那么久。如果文学的价值都要待时间来决定，那么当代的批评家干什么去了？即在今日，在较少数的敏感的心灵之间，大家都已认为，走在最前面的是现代诗，落在最后面的是文学批评。以散文名家的聂华苓女士，曾向我表示，她常在读台湾的现代诗时，得到丰盛的灵感。现代诗、现代音乐，甚至现代小说，大多数的文艺形式和精神都在接受现代化的洗礼，作脱胎换骨的蜕变之际，散文，创造的散文（俗称"抒情的散文"）似乎仍是一个相当保守的小妹妹，迄今还不肯剪掉她那根小辫子。

原则上说来，一切文学形式，皆接受诗的启示和领导。对于西方，中国古典文学的代表，不是文起八代之衰的韩愈，而是诗人李白。英语文学之父，是"英诗之父"乔叟，而不是"英散文之父"阿尔弗莱德王或威克利夫。在文学史上，大批评家往往是诗人，例如英国的柯立治和艾略特，我国的王渔洋、袁子才和王观堂。在《简明剑桥英语文学史》（*The Concise Cambridge History of English Literature*）中，一九二〇年至一九六〇年的四十年，被称为"艾略特的时代"。在现代文学中，为大小说家海明威改作品的，也是诗人庞德。最奇怪的一点是：传统的观念总认为诗人比其他类别的文学作家多情（passionate），却忽略了，他同时也比其他类别的文学作家多智（intellectual）。文学史上的运动，往往由诗人发起或领导。九缪思之中，未闻有司散文的女神。要把散文变成一种艺术，散文家们还得向现代诗人们学习。

现在，让我们来分析分析目前中国散文的诸态及其得失。我们不妨指出，目前中国的散文，可以分成下列四型：

（一）学者的散文（scholar's prose）：这一型的散文限于较少数的作者。它包括抒情小品、幽默小品、游记、传记、序文、书评、论文等，尤以融合情趣、智慧和学问的文章为主。它反映一个有深厚的文化背景的心灵，往往令读者心旷神怡，既羡且敬。面对这种散文，我们好像变成面对歌德的艾克尔曼（J.P. Eckermann），或是恭聆詹森博士的鲍斯威尔（James Boswell）。有时候，这个智慧的声音变得犀利而辛辣像斯威夫特，例如钱钟书；有时候，它变得诙谐而亲切像兰姆，例如梁实秋；有时候，它变得清醒而明快像罗素，例如李敖。许多优秀"方块文章"的作者，都是这一型的散文家。

这种散文，功力深厚，且为性格、修养和才情的自然流露，完全无法作伪。学得不到家,往往沦幽默为滑稽,讽刺为骂街,博学为炫耀。并不是每个学者都能达到这样美好的境界。我们不妨把不幸的一类,再分成洋学者的散文和国学者的散文。洋学者的散文往往介绍一些西方的学术和理论,某些新文艺的批评家属于这类洋学者。乍读之下,我们疑惑那是翻译,不是写作。内容往往是未经消化的什么什么主义,什么什么派别,形式往往是情人的喃喃,愚人的喋喋。对于他们,含糊等于神秘,啰唆等于强调,枯燥等于严肃。"作为一个伟大的喋喋主义的作家,我们的诗人,现在刚庆祝过他六十七岁生日的莫名其米奥夫斯基,他,在出版了他那后来成为喋喋主义后期的重要文献的大著《一个穿花格子布裤的流浪汉》和给予后期的喋喋派年轻诗人群以更大的影响力的那本很有深度的《一个戴七百七十七度眼镜的近视患者》之后,忽然做了一个令人惊讶不已的新的努力和尝试,朝二十世纪九十年代的期期主义和二十一世纪初期的艾艾主义大踏步地向前勇敢迈进了呢!"读者们觉得好笑吗?这正是目前某些半生不熟的洋学者的散文风格。只有十分愚蠢的读者,才会忍气吞声地读完这类文章。

　　国学者的散文呢?自然没有这么冗长,可是不文不白,不痛不痒,同样夹缠难读。一些继往开来俨若新理学家的国学者的论文,是这类散文的最佳样品。对于他们鼓吹的什么什么文化精神,我无能置喙。只是他们的文章,令人读了,恍若置身白鹿洞中，听朱老夫子的训话，产生一种时间的幻觉。下面是两个真实的例句："再如曹雪芹写《红楼梦》，是涉猎了多少学问智识，洞察了多少世故人情？此中所涵人类之共性，人世间之共相，人心之所同然处，又岂非具有博学通识，而徒读若干文学书，纯为文学而文学者所能达此境域？是故为学，格物，真积力久，感而遂通天下之故，乃为中国学者与文学家所共遵循之送辙。""吾人以上所说之发展智慧之道或功夫，我们皆名之为一种道德之实践，此乃自吾人于此皆须加以力行而非意在增加知识而说。然此诸道或诸工夫，乃属于广义之道德实践。此种种实践，唯是种种如何保养其心之虚灵，而不为名言之习气所缚，不形成知识习气之实践。"

我实在没有胃口再抄下去了。这些哲学家或伦理学家终日学究天人，却忘记了把雕虫末技的散文写通，对自己，对读者都很不便。罗素劝年轻的教授们把第一本著作写得晦涩难解，只让少数的饱学之士看懂；等莫测高深的权威已经树立，他们才可以从心所欲，开始"用'张三李四都懂'的文字"（in a language "understanded of the people"）来写书。罗素的文字素来清畅有力，他深恶那些咬文嚼字弯来绕去的散文。有一次，他举了一个例子，说虽是杜撰，却可以代表某些社会科学论文的文体：

Human beings are completely exempt from undesirable behavior pattern only when certain prerequisites, not satisfied except in a small percentage of actual cases, have, through some fortuitous concourse of favorable circumstances, whether congenital or environmental-chanced to combine in producing an individual in whom many factors deviate from the norm in a socially advantageous manner.

这真把我们考住了。究其原意,罗素说,不过是:

All men are scoundrels, or at any rate almost all. The men who are not must have had unusual luck, both in their birth and in their upbringing.

(二)花花公子的散文(coxcomb's prose):学者的散文到底限于少数的作者,再不济事,总还剩下一点学问的淬渣,思想的原料。花花公子的散文则到处都是。翻开任何刊物,我们立刻可以拾到这种华而不实的纸花。这类作者,上自名作家,下至初中女生,简直车载斗量,可以开十个虚荣市,一百个化装舞会!

这类散文,是纸业公会最大的恩人。它帮助消耗纸张的速度

剪掉散文的辫子

是惊人的。千篇一律，它歌颂自然的美丽，慨叹人生的无常，惊异于小动物或孩子的善良和纯真，并且惭愧于自己的愚昧和渺小。不论作者年纪有多大，他都会常常怀念在老祖母膝上吮手指的金黄色的童年。不论作者年纪有多小，他都能说出有白胡子的格言来。这类散文像一袋包装俗艳的廉价糖果，一味死甜。有时也会在袋里摸到一粒维他命丸，那总不外是一些"记得有一位老哲人说过，人生……"等的金玉良言。至于那位老哲人到底是萧伯纳、苏格拉底或者泰戈尔，他也许根本不记得，也绝对不曾告诉你。中国的散文随"漂鸟"漂得太远，也漂得太白了。几乎每位花花公子都会攀在泰戈尔的白髯上，荡秋千、唱童歌、说梦话。

花花公子的散文已经泛滥了整个文坛。除了成为"抒情散文"的主流之外，它更装饰了许多不很高明的小说和诗。这些喜欢大排场的公子哥儿们，用起形容词来，简直挥金如土。事实上，他们的金都是赝品，其值如土。他们绝大多数是全盘西化的时代青年，大多数只知道罗密欧与朱丽叶而不知道梁山伯与祝英台，大多数看过蒙娜丽莎的微笑，听过"流浪者之歌"，大多数都富于骑士的精神，不忘记男女两性的平等地位，所以他们的散文里充满了"他（她）们都笑了"的句子。

伤感，加上说教，是这些花花公子的致命伤。他们最乐意讨论"真善美"的问题。他们热心劝善，结果挺身出来说教；更醉心求美，结果每转一个弯伤感一次。可惜他们忽略"员"的自然流露了，遂使他们的天使沦为玩具娃娃，他们的眼泪沦为冒充的珍珠。学者的散文，不高明的时候，失之酸腐。花花公子的散文，即使高明些的，也失之做作。

（三）浣衣妇的散文（washerwoman's prose）：花花公子的散文，毛病是太浓、太花；浣衣妇的散文，毛病却是太淡、太素。后者的人数当然比前者少。这一类作者像有"洁癖"的老太婆。她们把自己的衣服洗了又洗，结果污秽当然向肥皂投降，可是衣服上的花纹，刺绣，连带着别针等，也一股脑儿统统洗掉了。

这些浣衣妇对于散文的要求，是消极的，不是积极的。她们但求无过，不求有功。对于她们，散文只是传达的工具，不是艺术的创造，只许踏踏实实刻刻板板地走路，不许跳跃、舞蹈、飞翔。她们的散文洗得干干净净的，毫无毛病，也毫无引人入胜的地方。由于太干净，这类散文既无变化多姿起伏有致的节奏，也无独创的句法和新颖的字汇，更没有左右逢源曲折成趣的意象。

这些作者都是散文世界的"清教徒"。她们都是"白话文学"的善男信女，她们的朴素是教会聚会所式的朴素。喝白话文的白开水，她们都会十分沉醉。本来，用很纯粹的白话文来写一般性的应用文,例如演说辞、广播稿、宣传品、新闻报导等,是应该也是必要的。我不但不反对,而且无条件赞成。可是创造性的散文(更不论现代诗了)并不在这范围之内。由于过分热心推行"国语"运动,或长期教授中小学的语文,这类作者竟幻觉一切读者都是教学的对象,更进一步,要一切作家(包括诗人)只写清汤挂面式的白话文。根据他们的理想,最好删去《会真记》和《长恨歌传》,只留下《错斩崔宁》和《拗相公》;最好删去杜甫和李商隐的七律,只留下寒山和拾得的白话诗。

在别人的散文里看到一个文言,这类作者会像在饭碗里发现一粒砂,不,一只苍蝇,那么难过。她们幻想这种"文白不分"是散文的致命伤。我绝不赞成,更无意提倡"文白不分"的散文,但是所谓"文白不分"的散文有好几种,有的是坏散文,有的却是好散文。将文白的比例作适当的安排,使文融于白,如鱼之相忘于江湖,而仍维持流畅可读的白话节奏,是"文白佳偶",不是"文白冤家"。《雅舍小品》《鸡尾酒会及其他》《文路》等都属于这一种。至于我在前面举例的国学者的"语录体",非文非白,文得不雅,白得不畅,文白不睦,同床异梦的情形,才是"文白怨偶",才算文白不分。所以,浣衣妇所奉行的主义,只是"独身主义",不,只是"老处女主义"。她们自以为是在推行"纯净主义"(purism),事实上那只是"赤贫主义"(penurism)。

(四)现代散文(modern prose):熟谙旧文学兼擅新文学,能写一手漂亮散文的学者,已成凤毛麟角。退而求其次,我们似乎又不能寄厚望于呢呢喃喃的花花公子,以及本本分分的浣衣妇人。比较注意中国现代文学运动的读者,当会发现,近数年来又出现了第四种散文——讲究弹性、密度和质料的一种新散文。在此我们且援现代诗之例,称之为现代散文。

所谓"弹性",是指这种散文对于各种文体各种语气都能够兼容并包融和无间的高度适应。文体和语气越变化多姿,散文的弹性当然越大;弹性越大,则发展的可能性就越大,不至于迅趋僵化。现代散文当然以现代人的口语为节奏的基础。但是,只要不是洋学者生涩的翻译腔,它就可以斟酌采用一些欧化的句法,使句法活泼些,新颖些;只要不是国学者迂腐的语录体,它也不妨容纳一些文言的句法,使句法简洁些,浑成些。有时候,在美学的范围内,选用一些音调悦耳表情十足的方言或俚语,反衬在常用的文字背景上,只会更显得生动而突出。

所谓"密度",是指这种散文在一定的篇幅中(或一定的字数内)满足读者对于美感要求的分量;分量越重,当然密度越大。一般的散文作者,或因懒惰,或因平庸,往往不能维持足够的密度。这种稀稀松松汤汤水水的散文,读了半天,既无奇句,又无新意,完全不能满足我们的美感,只能算是有声的呼吸罢了。然而在平庸的心灵之间,这种贫嘴被认为"流畅"。事实上,那是一泻千里，既无涟漪，亦无回澜的单调而已。这样的贫嘴，在许多流水账的游记和瞎三话四的书评里，最为流行。真正丰富的心灵，在自然流露之中，必定左右逢源，五步一楼，十步一阁，步步莲花，字字珠玉，绝无冷场。

所谓"质料"，更是一般散文作者从不考虑的因素。它是指构成全篇散文的个别的字或词底品质。这种品质几乎在先天上就决定了一篇散文的趣味甚至境界的高低。譬如岩石，有的是高贵的大理石，有的是普通的砂石，优劣立判。同样写一双眼睛，有的作家说"她的瞳中溢出一颗哀怨"，有的作家说"她的秋波暗弹一滴珠泪"。意思差不多，但是文字的触觉有细腻和粗俗之分。一件制成品，无论做工多细，如果质地低劣，总不值钱。对于文字特别敏感的作家，必然有他自己专用的字汇；他的衣服是定做的，不是现成的。

现代散文的年纪还很轻，她只是现代诗和现代小说的一个幺妹，但是一心一意要学两个姐姐。事实上，在现代小说之中，那散文就是现代散文，司马中原的作品便是一个例子。专写现代散文的作者还很少，成就自然还不够，可是在两位姐姐的诱导之下，她会渐渐成熟起来的。

论题目的现代化

题目的现代化，是今日中国作家早该注意的问题之一。一个真正敏感的作家，应该将他纤细的触须，伸到艺术的每个角落。我们无法想象，一篇洋溢着现代精神的作品，居然肯戴上一顶发霉的帽子。作家是最不愿穿制服的一种心灵，他的第一信仰就是创造。可是，事实上，许多作家头上戴的，好像只是一家帽厂的出品。为了表现一点个性，为了给文坛一点新的气象，文学作品的题目，必须现代化起来了。

我说文学作品，因为"纯粹音乐"（absolute music）和抽象画往往用编号代替标题。只要你说 K. 357 或是 Op. 88，六二○六或是壬寅○八，内行的人马上明白那是怎么一回事。文学作品，无法做到绝对纯粹或抽象的程度；通常说来，题目仍是必要的。

西洋的十四行，是少数例外之一。莎士比亚的一百五十多首十四行全部是有编号的。豪斯曼那本古色古香的《希洛普郡一少年》也以数字识别。中国的古典诗，有时也在一个总题目下，将若干首编起号来。杜甫的《漫兴》九首和李贺的《马诗》二十三首，便是现成的例子。有时援《论语》之例，以篇首字句作题，例如杜甫的《一室》《宿昔》和《吾宗》。有时难以定题，或有难言之隐，索性以"无题"为题，像李商隐的某些作品。

有时题在文先，有时文成立题；其中利弊，初无定论，大抵关系作家的习惯。据《新唐书》说，李贺"未始先立题然后为诗，如他人牵合程课者"。长吉自称"寻章摘句老雕虫"，驴背寻诗，锦囊贮句，往往先有奇句，然后经营成篇，自然题在诗后。先有题，后有作品，只要不是应酬文章，就会产生佳构。有时候我心中涌起一个题目，一个十分美好的意象，玲珑剔透，浑然天成、挥之不去，不召自来，演成欲罢不能的局面，只好从这个题目出发，直至一篇作品完成。这种不召自来的题目，像一扇开向宝藏的窗子，一旦打开，便无法关上了。《万圣节》《香衫棺》《恐北症》《五陵少年》《等你，在雨中》等作品，便是在这样的过程中完成的。

有的题名运用双声，妙结连环，像莎翁的 *Love's Labour's Lost*，像班扬的 *Pil-grim's Progress*。有的更兼用双声和叠韵，像尤德尔 Nicholas Udall 的喜剧 *Ralph Roister Doister*，简直天衣无缝，

拆都无从拆起。中国古典诗的《将进酒》也是双声缀成的。许多乐府的题名,另有一种古雅的韵味,像《箜篌引》《丽人行》《梁甫吟》等都能勾起一串串的联想。至于那些缤缤纷纷的词牌,更有一种说不出的情调。《少年游》《念奴娇》《鹧鸪天》《菩萨蛮》《踏莎行》《雨霖铃》,在一个有古典背景的心灵里,无端端地唤起多么凄丽的意象!

对于艾略特,英国古典诗名 *Epithalamion* 和 *Prothalamion* 一定也曾引起不少联想。英国诗人好用拉丁文为题名,例如道森(Ernest Dowson)两首有名的情诗,便是以罗马诗人霍瑞斯的句子为题,难怪他的女朋友一个字也不懂。其中一首,*Non Sum Qualis Eram Bonae sub Regno Cynarae*(《我不再是往日辛娜拉裙下的我》)有这么一行:

I have forgot much, Cynara! gone with the wind.

后来经美国女作家米切儿据为她畅销小说的书名。事实上,许多现代小说的书名都是有出典的。例如,海明威的 *The Sun Also Rises* 出自《圣经·旧约》的《传道书》,而 *For Whom the Bell Tolls* 则出自十七世纪诗人邓约翰的散文。此外,比较有名的例子,还有赫克胥黎的 *Eyeless in Gaza*(弥尔顿),哈代的 *Far from the Madding Crowd*(格雷),和 *Under the Greenwood Tree*(莎士比亚），福克纳的 *The Sound and the Fury*（莎士比亚），沃尔夫的 *Look Homeward Angel*（弥尔顿），以及菲茨杰拉德的 *Tender Is the Night*（济慈）。我的第二本散文集《掌上雨》，也摘自崔颢的诗句"仙人掌上雨初晴"。在七十三期的《文星》上，我的一篇短文《不朽的P》，犯了比"文白夹杂"恐怕还要严重的"中英夹杂"，那些白话文学的清教徒们又要侧目而视了。事实上，《阿Q正传》早已有例在先。英国作家不但用拉丁文，还用其他的外文为题名：有用法文的，例如济慈的 *La Belle Dame sans Merci*；有用意大利文的，例如弥尔顿的 *L'Allegro* 和 *Il Penseroso*；甚至于还有用希腊文的，例如弥尔顿的 *Areopagitica*。此外，也有因题生题的，不过这类的题名多少带点调侃的意味。例如，乔伊斯的 *A Portrait of the Artist As a Young Man*，到了狄伦·托马斯的笔下，便成了他的半自传性的 *Portrait of the Artist As a Young Dog*，到了奥格登·纳什手里，竟成为谐诗 *Portrait of the Artist as a Prematurely Old Man* 了。

有的题名，有很深的寓意，甚且还带点"拆字"的手法，例如英国诗人托马斯尼爵士（Sir Philip Sidney）的十四行集《爱星者与星》（*Astrophel and Stella*）便是。原来托马斯尼当日爱恋艾塞克斯伯爵的女儿佩内萝琵（Penelope Devereux），并且和她订了婚。后来佩内萝琵被迫嫁给瑞奇勋爵，成为瑞奇夫人，托马斯尼便写了这一卷十四行以寄意，且以"星"（拉丁文为 stella）影射

佩内萝琵,以"爱星者"自喻。他把自己的姓名化入了 Astrophel 之中。化名的过程是这样的:

将 Philip Sidney 缩写成 Phil+Sid

可将 Phil 视为 Philos(希腊文"爱")的缩写

可将 Sid 视为 Sidus(拉丁文"星")的缩写

将 Sidus 换成 Astron(希腊文"星")

将 Astron+ phil,然后略加删改

乃得"爱星者"Astrophel

如果李商隐生在十六世纪的英国,他也许会做同样的文字游戏。介于题名和本文之间,有时还有副标题,小引,以及富于暗示的引文。副标题用于论文中似乎较多。有时为了解释创作的动机、过程,或环境,小引是必要的。如果《高轩过》的作者不说明"韩员外愈,皇甫侍御湜见过,因而命作",我们就很难肯定诗中的"东京才子,文章巨公"究竟是谁。姜白石词端的小引,轻轻着墨,便烘托出弥漫的气氛。柯尔律治的杰作《忽必烈汗》的附言,不但阐明创作过程,抑且可以用作弗罗伊德学说的注脚。有一度我不太能欣赏华兹华斯的长诗《忆童年时所得永生之暗示》(*Ode on Intimations of Immortality from Recollections of Early Childhood*),后来,在一个比较完备的版本里,读到他自己的附

言,这才豁然贯通。在作品前面,引用一段古人或时人的文字,在现代文学中似乎颇见盛行。艾略特就最好此道。他引用的范围很广,从但丁到伊丽莎白时代的戏剧不等。可是那些引用文字,都和诗的主题相关,富于微妙的暗示作用,且为熟谙古典的读者增加一层似曾相识的乐趣。这种引文的作风,对于目前中国的现代文学颇有影响。

任意翻开目前的中文刊物,我们立刻看见那些没有个性,陈腐不堪的题目。那些帽子,千篇一律,张冠李戴,实在没有什么区别。大多数的作家,都安于拣现成的帽子戴,很少独出心裁,为自己定做一顶新帽。《失去的童年》《未完成的恋曲》《生命的灯》《牧歌小唱》《褪色的梦》《石榴花开的时候》《恨难忘》和《意绵绵》等题目,都是老祖母时代流行的帽子了,还戴在头上做什么!一篇文学作品的题目,宁可失之生硬或怪诞,也不可失之陈腐或油滑。世界上最恶劣的题目,莫过于西洋影片的中文译名,自以为风雅之至,事实上庸俗得令人恶心。明明是《红磨坊》(*Moulin Rouge*),偏偏要译成《青楼情孽》;明明是《太阳重升》,偏偏要译成《妾似朝阳又照君》。事实上,根据原文直译,往往朴实可爱,而且容易记忆,更容易还原成原名;《金臂人》《七年之痒》《茶与同情》《纽伦堡大审》《山》《鸟》,便是最好的例子。知道如何避免电影译名式的题目,是一个作家得救的起点。在积极的一方面,如果他不能把题目取得很鲜明、很挺拔、很帅,至少他也应该做到朴素或凝重的程度。翻开朱西宁的《铁浆》或司马中原的《加拉猛之墓》，我们看不见脂粉气的形容词，只看见一些富于男性美的题目，例如《新坟》《刽子手》《黑河》《红砂岗》《猎》，多么干脆，多么重，多么斩钉截铁！《东门野蛮及其伙伴们》《没有脸的人》《死亡航行》《鸡尾酒会及其他》《蓝色音乐季》《白兰地酒柜似的下午》《治外法权·尺·老虎》《月光·枯井·三脚猫》，随手抄来的几个题目，都富有个性，只要见过一次，便很难忘记。如果将洛（J. L. Lowe）的《去上都的路》(*The Road to Xanadu*)，改成学院气十足的《柯尔律治的研究》，便索然寡味了。豪（P. P. Howe）写的海斯立特（William Hazlitt）传，题名为《诞生在土星光下》(*Born under Saturn*)，也是一记绝招。关于题目的现代化，美国诗人们都很敏感。随便翻开现代美国诗选，像《星期天的圆顶》《无辜的风景》《战士走在大学树下》《正午的梦魇》《凡小丑皆戴面具》等题目，立刻拍打着我们的眼睛。康明思的题目总是引人入胜的：

> 或人住在一个很那个的镇上
> 春天是一只也许的手
> 春天，万能的女神
> 情人！因为我的血会唱歌
> 一乘一（指爱情）

这些题目很难让人忘记。好的开始是一半的成功。一首诗或一篇散文,从题目便开始了;要等到第一行或第一句才开始,就太慢了。一切都在现代化,连题目也不能例外。作家们,拿点精神出来!剪掉散文的辫子,扔掉题目的烂帽子!

凤·鸦·鹩

伊索寓言的版本实在很成问题。至少,一九六三年的增订本,似乎漏了下面的一则:

一天,乌鸦飞去参加百禽的春季野餐。那时,"乌衣运动"正是热门的国际问题。餐毕,乌鸦宣读他的论文,夹夹缠缠,一共有十几篇。好在篇篇意见雷同,翻来覆去,不外是说:"'乌衣运动'是前进的,神圣的,衣而不乌,非禽也。单色的衣服总比杂色的衣服纯正得多。退一万步说,即使做不到天下乌鸦一般黑,至少也可以做到水上天鹅一般白。像凤凰、孔雀、鹩鹑、斑鸠诸兄,黑白不分,五色杂陈,实在不很雅观。尤其是凤凰，麟前鹿后，蛇颈鱼尾，龙文龟背，燕颔鸡喙，不伦不类，太不纯正了。这是乌衣世纪，百禽都应该穿起清一色的制服来才对！"语罢，群鸦拍翅鼓掌，日为之食，天为之黑。

天鹅抗议说："雅观不雅观，不是'乌衣运动'所能解决的。同样是穿彩衣，凤凰比鹌鹑高雅得多了。一个是遍体文章，一个是蔽衣百结，怎么可以混为一谈呢？您所说的雅观，事实上只是狭窄的'鸦观'。即以单色的衣服为例，我的'纯'和您的'纯'恐怕也不尽相同吧？"

两禽意见相左，引起百禽啾啾争鸣。争了半天，百禽终于在民主的精神下，获致了一项协议。那就是，为了尊重并方便占禽族多数的乌鸦，在一切国际场合，百禽都应穿着黑色的制服；但是在各族自己的活动范围内，百禽可以自由穿衣。例如，东南而飞，孔雀尽可五里一徘徊，欣赏自己的百迭花裙。例如，翱翔青霄，栖止碧梧，凤凰尽可展览自己的高雅和华丽，毫不违反乌鸦的警律。

一

在文学的认识上，许多乐观的人士一向迷信生物学式的进化论，以为后来必然居上，传统只是古董。在文学的达尔文们之中，最肤浅的莫过于"白话文学"的信徒了。他们以为文言已成僵尸，有百害而无一利。他们以为白话已经万能，可以领导文字，制定文学，甚至可以处理全面的文化。他们以为白话是闺女，文言是流氓，文白授受不亲。于是他们怀着浣衣妇的热忱，要用肥皂一般的智慧，来为天下的文章洗涤污秽。下自小学生的周记，初中生的作文，上至教授和作家的文章，他们都有教无类，一视同仁，都恨不得一股脑儿加以漂白，或是染黑。他们以为天下之美，尽在中国目前的白话之中，无论你是蜉蝣或是鲲雕，都不得逾此一步。他们用一把平庸的尺，来量天才的光年，结论是光年完全荒谬。在平面几何的范围里，他们优于假设求证；一旦到了微积分的层次，他们便呼吸困难，脸色苍白，断定那纯然是不合理的现象了。

迷路在进化论的蔷薇雾中，达尔文们断定，自五四以来，文学在不断地进化，语言也在不断地进化。从白话文学到大众文学再到普罗文学，这种幻觉的"现代优越感"不晓得误了多少人。不晓得有多少作者因此迄在文字海中飘零，始终未能得筏登岸。

我必须立刻声明，我完全同意，在中国新文学的运动史上，白话文学的口号和实践，确有过不可低估的贡献。我更同意，在日常生活之中，甚至在一切"非创造性"的文字之中，白话应该是最基本的（如果不是唯一的）传达工具。在这种了解之下，我们不妨对新文学运动的萌芽时期，作一番历史背景的研讨，看看时至今日，是否应该仍然将白话文学的围兜，系在已经长大的新文学的项颈上？

在五四的时代，新文学的先驱们，为了要把中国文学从当时那种刻板、空洞、贫血的文言文中解放出来，不得不提出白话文学的主张。在那种病态百出，暮气沉沉的背景上，任何"反传统"的主张都是清新可喜的，也是急切需要的。但是所谓"白话"，究竟应该"白"到什么程度，即在当时，也还是书人人殊的。以提倡白话文学的主帅胡适自己为例，他在《白话解》里也说过，"不妨夹几个文言字眼"。在《建设的文学革命论》中，他更说："有不得不用文言的，便用文言来补助。"在《文学改良刍议》中，胡适曾经提出不用典的主张，可是他立刻就把所谓典分成广义的和狭义的两种。在胡适看来，"清新庾开府，俊逸鲍参军"和"伯仲之间见伊吕，指挥若定失萧曹"都只能算是比喻，不是用典。他甚至认为"狭义之典亦有工拙之别；其工者偶一用之，未为不可"。

胡适的这些见解，在今日看来，仍然富于弹性，不失圆通。在内心深处，我想，胡适何尝不解文学的典雅和精妙；可是在五四的启蒙时期，一些先知先觉的心灵往往急于救国，而缓于文学，所以"改革家胡适"的声音，始终掩盖了"文学家胡适"。要用文学救国，要用文学唤醒中华民族，通俗浅近的白话文学当然比高度艺术化的文学来得切题。据说鲁迅当日从医学转入文学，也是出于相似的动机。

事实上，无论是胡适式温和的大众化，或是激进式的普罗化，五四以来的文学创作，浪费在社会改革和政治斗争上的精力，大到不可估计。到了今天，白话的运动已经获得普遍的成功，可是新文学的成就并不太大。白话既已达成大众化的任务，它也应该向文学看齐了。很显然地，目前的白话尚未臻于丰富精美的境界。如何向其他类型的语文汲取营养，以壮大白话的生命，正是我们这一代作家的任务。现代诗，现代小说，现代散文正朝着这个方向努力。

二

"我手写我口"是黄遵宪的主张，也是白话文学的信徒们的第一诫。问题就出在这张"口"上。请问，这张口是谁的口？是辜老夫子的口呢，还是骆驼祥子的口？是（北方的）朱西宁的口呢，还是（南方的）水晶的口？每张口，因为教育程度、社会环境和地理背景的不同，而有差异。除了大演说家和大演员一类善于言辞的人之外，常人的情形，恐怕大半是笔胜于口。事实上，像伯尔克（Edmund Burke）、培根（Francis Bacon）和丘吉尔等大演说家，往往同时也是非常杰出的文学家。他们之所以说得漂亮，一半固然有赖口才，另一半却有赖学问。锦心绣口，语惊四座，当然值得一写。

据说英国大文豪詹森博士（Dr. Samuel Johnson）和他的文友们的清谈，莫不出口成章，警句不绝，羡煞了来自苏格兰的小子鲍斯威尔。至于腐儒讲学，泼妇骂街，要人训话，议员竞选，以及中国牧师证道等，那些话，往往不像话，往往只是贫嘴，往往只是大脑的休息，舌头的体操。那些话，如果也要用笔去学习，岂不是太浪费蓝墨水了？

本质上说来，文学的较高境界，是内在的独语（monologue），不是外在的对话（dialogue），诗的境界尤其如此。诗人的作品，本质上说来，也是一种"话"，但是这种话不是为了某一场合说给某一个人听的，它是诗人气质的流露，性灵的表现，任何人在任何时代都是这种"话"的对象。"余亦能高咏，斯人不可闻"，李白的话是说给古人听的，是说给自己听的，也是说给后人听的。"念天地之悠悠，独怆然而涕下"，陈子昂的话不一定要说给谁听，它是说给虚空听的，但是每个读者都觉得似乎是特别说给他自己听的。既然文学只是内在的独语，作家的第一任务便在表现自己，为了完美的表现，他应该有权利选择他认为最有效的文字和语法。限制作家的语言，等于限制他表现自己的幅度和深度。

我们不妨将运用语言的目的，划分为实用和美感两种。前者包括通信、布告、报导、演说等。事实上，许多所谓宣传文学的作品，也应该划归实用的项下。为宣传而写的作品，对象往往有了限制；写给党员看的，教徒不一定感兴趣，写给教徒看的，党员也不曾感到亲切。事实上，我颇怀疑宣传作品能否感动它特定的宣传对象。纯正的文学作品，正如辛克莱·刘易士所说的，也是一种宣传，可是它没有时空和对象的限制，它是最高意义的，永远有效的宣传，因为它不是实用的。

在实用的范围，我们应该以便利传达，以简单明了为无上美德。在这种原则下，今日的讣闻喜柬、公文告示等，实在都应该大大地改革，而且语体化起来。如果有谁把牙膏广告都写成"巧笑倩兮"一类的句子，或是把眼药水广告写成"美目盼兮"，那不但有碍传达，亦且浪费古典。可是在美感的境界，每篇杰作都是永恒的雕塑，不是牙膏或草纸一类的消耗品。艺术必须持久，它不是今天的新闻，也不是去年的古董。它的语言必须坚实如花岗岩，灿烂如火。口语的字汇和语法毕竟有限，此时此地的白话尤其如此。百年后，谁能保证今天的白话不变成"死文字"呢？

> 堪叹您儿女娇。不管那桑海变，艳话淫词太絮叨。将锦片前程，牵衣握手神前告。怎知道姻缘簿久已勾销。翅楞楞，鸳鸯梦醒好开交。碎纷纷，团圆宝镜不坚牢。羞答答，当场弄丑惹得旁人笑。明汤汤，大路劝你早奔逃。

随便从《桃花扇》里摘出来的一段《北水仙子》，正是古人的白话诗，够口语化，而且（等于）不用典，应该符合胡适和他的信徒们的主张。可是，如果拿来和韦应物的《郡斋雨中与诸文士燕集》对比一下：

> 兵卫森画戟，燕寝凝清香。海上风雨至，逍遥池阁凉。烦疴近消散，嘉宾复满堂。自惭居处崇，未瞻斯民康。理会是非遣，性达形迹忘。鲜肥属时禁，蔬果幸见尝。俯饮一杯酒，仰聆金玉章。神欢体自轻，意欲凌风翔。吴中盛文史，群彦今汪洋。方知大藩地，岂曰财赋强。

立刻就感到，前者是多么俚俗，后者多么高雅，前者多么狎玩轻佻，后者多么肃穆清华。前者是通俗的戏曲，欣赏的人也许比较多，后者吐属俊逸，美感的满足却比较深。我敢相信，再过一千年，那一段《北水仙子》将显得更土，而《郡斋雨中与诸文士燕集》将显得更雅。中国的文字欠缺谨严周密的文法，颇不便于逻辑思考，但有利于文学表现。免于烦琐的动词变化，省去主词的交代，减除前置词的羁绊，中国的古典诗达到了至高无上的纯朴和简洁，同时又不失朦胧迷离之美。例如，"漠漠水田飞白鹭，阴阴夏木啭黄鹂"，简直不能再省，而无一字盲，无一字哑。文字的艺术，到了这种境界，已经可以超越语言而独立存在。千载之后，这两行诗中，没有一个字不是充满了生命。这正是中国文字的不朽美德，欧洲各国的文字没有像这样长寿的。

进化论者也许要说，"啭"是一个死字。准乎此，在白话文学之中，鸟只可以"唱"，不可以"啭"，不可以"鸣"，也不可以"啼"。这是缩小中国文字的表达范围，砍丧中国文字的生命，岂可美其名为"现代化运动"？白话文学的信徒们，迷信现在的白话无远弗届，可以巨细靡遗无孔不入地表达现代人的一切情思。事实上，目前的白话，字汇既贫乏，句法也单调，根本不够表达。举个例子，"吠"是文言，不可以用；那么，在白话之中，你能用一个字代替"吠"吗？绝对不能。用两个字呢，又变成了一个句子，"狗叫"。同样地，"唳"不能用，要说"鹤叫"；"呦"要改成"鹿叫"；"嘶"要改成"马叫"。你就看看白话的字汇有多寒碜吧！动辄束手无策，捉襟见肘，还要振振有词，说什么不可"文白夹杂"。这种"老处女主义"可以休矣！

白话的贫乏和单调，一旦面临翻译，立刻暴露无遗。我说的翻译，包括将外文译成中文，和将古文译成今文。同样译一篇英文作品，"新文艺"出身的译者，和较有古典文学修养的译者，换句话说，纯用白话的译者和"文白相辅"的译者，其间的距离可能很大。往往前者单调而局促，后者丰富而自由。前者的译文几乎是公式化的：遇见 cheerfully 就译成"高兴地"或"快乐地"，遇见 sorrowfully 就译成"悲哀地"或"忧伤地"。对于这类译者，翻译就像拼七巧板，不，就像拼七拙板，因为拼来拼去只有那几种拼法，而板呢，只有七块。懂得"文白相辅"的译者，就会在山穷水尽之际，用一个"欣然"或"怡然"轻轻带过；相反的意思，他也会用"凄然""怆然"或"愀然"来调剂。在翻译《梵高传》的时候，我特别注意到"文白相辅"的需要，因此在很多地方，我都不避文言。在对话的部分，我当然力求口语化，像我在《老人和海》的译文中所做的一样。我相信，这种"文白相融"的手法正是让《梵高传》的读者读得顺口的因素之一。中年的读者们，想必都还记得，抗战时代啃左翼翻译家用夹生的白话译出来的欧化句子，有多痛苦。那些俄国小说的译本，由于缺乏"封建的文言文"的润滑作用，真教人读后，牙为之碎，舌为之僵。

　　同样地，尝试将文言译成白话，立刻也会面临绝境。文学的意境，是超越意义而独立的一种性灵状态，离开原文就不能成立。意义可译，而意境不可。坊间常见的《唐诗三百首》或《古文观止》的语体译文,最能说明这一点。例如,《前赤壁赋》中的一首歌:"桂棹兮兰桨,击空明兮溯流光。渺渺兮予怀,望美人兮天一方。"有人译成语体,就变成:"桂的棹兰的桨,击那水中的空明,冲破水色和月光;远得很啊,吾的怀抱;望朝上的君子,好似在天的那一边。"两种文字的感觉,相去不可以道里计。谁说白话可以表达现代人的一切情思?

三

也许有人会说,古典文学的意境,怎么可以纳入现代人心灵活动的范围呢?表面上,这种意见似乎很合逻辑。实质上,任何稍具文化背景的心灵,莫不深受古典文学的作用,而在想象上,不知不觉之中,呈现古典或神话的投影。一个民族的古典、神话、宗教、传说、民俗等,实际上等于该民族潜意识的倒影,也可以说,等于该民族的集体记忆;它们存在于传统的深处,一个民族的想象,往往在这神奇的背景上活动。

有了这点认识,我们对于所谓"用典"就应该有较深的了解。"典"的最高意义是民族的集体记忆的遗产,也是沟通民族的想象的媒介。而通俗的所谓"用典",就是诉诸民族的想象和记忆,就是乞援于这种媒介,也就是将作者个人的经验注入民族集体的经验。至于"用典"本身,也有"死用典"与"活用典"的区别,前者是理智的假借,后者是想象的贯穿;前者是原封不动的炫耀,后者是脱胎换骨的创造。"死用典"只是掉书袋,典故并未和作者的经验化合为一个新的生命,只是在作者的想象不济时,硬被搬来凑数的东西,本质上仍属于修辞(rhetoric)的范围。"活用典"则反乎此。宣传文学中的"痛饮黄龙","亡秦必楚"等,属于掉书袋之列。苏轼的"忽闻河东狮子吼"是活用典,是创造,因为他将两个典融为一个新的意境。

意象主义(imagism)一九一五年盛行于英美现代诗坛。我国的新文学运动肇始于其后数年。我不知道胡适等留美学生有没有接受意象主义的直接影响,可是两者的主张大同小异。两者都主张用口语写作,而且都反对用典。在五四的历史背景上,反对用典,是明智之举,可是到了今天,当文艺自大众化步向艺术化的时候,我们即使不应该提倡用典,至少也应该明了用典的真正意义,而容忍少数成熟的作家很有分寸地利用传统的一项美德。当我们在高呼推翻用典之际,似乎还有很多人压根没听说过,影响现代诗至巨的艾略特,是一个"用典"的大师。

艾略特在他的诗中展示了物我交替,今昔相成的表现技巧。前者即所谓 objective correlative,后者即所谓 juxtaposition。关于后者,艾略特的目的是想借今昔的对照,暗示出现实的荒芜和卑琐与想象的繁华和宏伟间的戏剧性的紧张,其间蕴含的是失望,是幻灭，也是讽喻（irony）。艾略特在论乔伊斯的《尤利西斯》时，曾说："在某些心灵之中，有的记忆，或得自阅读，或得自实际生活，会充满了情感的含义。（在创作之中）使用这些记忆，虽然牺牲明朗，却可赢得紧张。"艾略特认为，一个人以往的经验形成他生命的一部分，这种经验往往和他目前正接受的经验混合叠现。读诗的经验也是如此。一旦我们吸收了一句诗，它便成为我们个人经验的一部分；我们会时常联想到它，我们会赋它以反复体验的情感。因此，在艾略特的诗中，那些富有文化背景的主角不断地因目前的经验而唤起往昔的经验，尤其是古典文学中的集体记忆。在《普鲁弗罗克的恋歌》里，那位未老先衰的求婚青年，在下楼时联想起《神曲》中回旋下降的地狱，复因自己的微秃而联想起《圣经》中施洗约翰（John the Baptist）托在大浅盘上的被斩之头。

然而这些典都是活用的，它们多少经过了蜕变的作用，为了加强诗中的感受。艾略特对于"往，今，来"时间三态的交互作用特别强调，他的作品的发展，不是按时间顺序（chronogical），而是按心理顺序（psychological）。他的今昔对照往往是蒙太奇式的紧密骤现，而不是"渐现"（fade-in）。他的今昔对照，事实上也是一种"心态"，一种对偶。这种种独特的表现法，虽然是西方现代诗的技巧，在许多地方却与中国的古典诗不谋而合。这一点，容我在另一篇文章《给杜甫的一封公开信》中详加阐述。此处我只拟举杜甫的《咏怀古迹》之一为例，说明中国古典诗中这种忽古忽今，忽虚忽实的戏剧性的对照，多么接近现代诗的表现方法：

> 群山万壑赴荆门，生长明妃尚有村。一去紫台连朔漠，独留青冢向黄昏。画图省识春风面，环佩空归月夜魂。千载琵琶作胡语，分明怨恨曲中论。

四

"我手写我口"还有一个问题。文字应该表现思想，而不是记录语言。如果文字功在记录语言，则一卷录音带就是一卷诗集，何必出版书籍？手应该听命于心灵，而不是唇舌。前文早已指出，文学是内在的独语，是无所为而为的表现，不是宣传、广告或雄辩。绝对的语文合一，不但不可能，而且不理想。文字向语言吸收活力和节奏，语言向文字学习组织和品味，两者之间保持一点弹性，相异适足以相激相荡，相辅相成。如果文坛上尽是一片 bpmfdtnl 之声，那该多么单调！南腔北调，加上一点恰到好处的方言和欧化，多么生动，多么热闹，多么有人情味哪！我们当然赞成推行"国语"，统一白话，可是在文学创作上，仅仅在文学创作上，不是还可以留一点自由给作家们去发挥文字的弹性吗？白一点，显得亲切而真实，文一点，显得含蓄而朦胧。文白的比例，除了修养和信念的因素外，还得取决于作家的气质，有的近白，有的近文，那是勉强不来的。弥尔顿与班扬同时，同为虔诚的清教徒，同受《圣经》的影响，可是写起散文来，弥尔顿多文，班扬多白！弥尔顿的散文很文，他的诗恐怕更文。这倒令我想起诗友群中，动用左手写起散文来，夏菁、张健、纪弦总是文绉绉的，而罗门和痖弦就比较白。管管夹在中间，有点"文白夹杂"。在散文家中，梁实秋、吴鲁芹比较文些，思果比较白些，林海音则更白了。专栏文章里面，《黑白集》并不白，反倒有点文，《玻璃垫上》则自得多了。这样不是很有意思吗？你喝你的白开水，我喝我的伏特加，任渠自饮鸡尾酒。各白所白，各文所文，皆能卓然成家。何必白吾白以及人之白，文吾文以及人之文哉？在创造的一瞬间，作家只感到"兴酣落笔摇五岳"那种神灵附体的力量，谁还去理会"文白夹杂"的问题？

　　清纯的反面是贫乏，夹杂的反面是和谐。同样是自命"清纯"，有的是鸦，有的是鹄。同样是被诬"夹杂"，有的是鹑，有的是凤。伊索曰：可不辨哉！

象牙塔到白玉楼

公元八世纪的中叶,正当欧洲笼罩在"黑暗时期"之中,基督与穆罕默德争夺霸权,而西方的"近代文学"尚未破晓之际,在东方的大唐帝国,却展开了古典诗的全盛时期。唐自立国以来,历一世纪,而有大诗人李白和杜甫的诞生。中国的古典诗,到了杜甫,可以说已经登凌绝顶,譬之西方,相当于伊丽莎白的英国,路易十四的法国。历来批评家的意见多以为李白功在承先,将六朝遗风告一段落,杜甫功在启后,影响遍及中唐晚唐,遥道宋诗的先河。

同样是大诗人,有的影响深远,有的影响较受限制,因为有的易学,有的难学。举个例子,早期的艾略特易学,而晚期的叶慈难学。杜甫易学,而李白难学。至少我们可以这么说:李白的诗蹑虚而行，纯然是一片意境，没有留下创作方法上的任何轨迹；杜甫的诗则屦及剑及，除了意境的完成之外，更提供了千汇万状的创作方法。以音乐为喻，我的直觉常告诉我，李白的诗在速度（tempo）上，似乎恒较杜甫的更快。如果我们可以说，李白的诗常在稍快板（allegretto）与急板（presto）之间，则杜甫的诗自最缓板（largo）到急板不等。杜甫题材广阔，技巧繁复，在诗人之中是一大行家（virtuoso），后之诗人都挤到草堂里去上课，而不去采石矶学捕水中之月，原是非常自然的事。

　　因此到了中唐，杜甫的影响已经普遍而且显著。中唐的诗人历经丧乱，诗风倾向写实，可以白居易为代表。白居易的诗在中唐盛行的程度，仿佛柳永的词之在北宋。可是不同于柳永的享乐，白居易是以教诲（didacticism）自命的。《与元九书》是中唐文学思想的一大文献。白居易以教诲为文学的任务，他以为"文章合为时而著，诗歌合为事而作"。但在文学史的认识上，他是一个退化论者。他认为风骚以降，诗道崩坏；他嫌谢灵运溺于山水，陶渊明放乎田园。杜甫是最为通达的人，在他，"清词丽句必为邻"。白居易则以为："余霞散成绮，澄江净如练；离花先委露，别叶乍辞风之什；丽则丽矣，吾不知其所讽焉。"甚至对于李杜，他也颇表不满。李白不用说了，即使杜甫，他也认为"可传者千余篇，至于贯穿今古，尔见缕格律，尽工尽善，又过于李。然撮其新安吏、石壕吏、潼关吏、塞芦子，留花门之章；朱门酒肉臭,路有冻死骨之句,亦不过三四十首。杜尚如此,况不逮杜者乎?"

虽然如此,《长庆集》中的作品,仍极受杜甫社会写实诗风的启示。杜甫是一位综合性的艺术家;他有广度,也有深度;有知性,也有感性;有高度的严肃,也有高度的幽默;能平易,亦能矜持;能工整,亦能变化。大致上说来,元白之伦继承自杜甫的,是他的广度,不是他的深度;是知性,不是感性;是严肃,不是幽默;是平易和工整,不是矜持和变化。元白所扬弃的,中晚唐的其他诗人加以吸收,其尤为突出者,当推中唐的韩愈和晚唐的李商隐。韩李学杜,皆自难处着手,李复转学于韩,比韩复杂,也比韩成功。韩愈在诗的思想和技巧上,是反白的,围集在韩愈四周的许多"次要诗人"(minor poets)自然也是反白的。在元白那种老妪都解浅显且通俗的诗风笼罩诗坛之际,韩愈圈内的诗人们放纵想象,着重意象,倾向散文,追求超自然的境界等表现,有意无意之间,恐怕都是对通俗的训诲诗的一大反动。

韩愈的圈子

白居易是中唐诗坛的祭酒,韩愈则是中唐文坛的一代宗师。他排老攘释,以儒家道统的代言人自居;他反对六朝以来专重形式的骈文，提倡复古以为抗衡，结果是创造了新散文；他更以散文大师的左手写诗，当然回避与骈文相互呼应的律诗，而将古风作更自由的散文变奏。他在这三方面的努力，到了宋代，都产生了很大的影响，因此在北宋人的心目中，他被铜像化了，成为"道统"，成为"文宗"，成为"百世师"。大文豪如欧阳修、苏轼、秦观等，对韩愈都推崇备至，苏轼甚至说唐文只有《送李愿归盘谷序》一篇，又说"诗之美者，莫如韩退之"（虽然他接着便说，"然诗格之变，自退之始"，大有艾略特责备弥尔顿之意）。

在儒家正统的文艺思想上，韩愈与白居易实在没有什么不同，可是在诗的风格上，韩愈似乎有意在李杜之外另创局面，对同一时代的白居易，也有意背道而驰。在散文之中罕见的韩愈的"自我"（ego）的某一面，往往淋漓而恣肆地出现在他的诗里。这一面正是韩愈的"超自然癖"（supernaturalism）与"自大狂"（megalomania），正是他对未知的神秘世界的狂热向往和对儒家思想自我束缚的无意识的反抗。这一面违反了儒家的中庸之道，也违反了儒家诗观的温柔敦厚之旨。韩愈是一个非常繁复有趣的综合体。他攘佛尊孔，却不自觉地流露对于神异世界的敏感。这些"偏差"在他的载道的古文之中，应该是被他的儒家的意识形态压抑着的。我总怀疑，韩老夫子的自我，他的 libido（本能冲动），是从散文的世界逃遁到诗的世界里去的。

名重天下，掌握教育与考试大权的韩愈博士，在诗的创作上既然表现这样的风格，一些风格相近的诗人自然就聚集在他的周围了。孟郊、贾岛，是其中最闻名的人物。此外还有皇甫湜、樊宗师、卢仝、马异、刘叉、李贺、沈亚之等人。郊寒岛瘦，名场仕途两不得意有以致之。孟郊五十始中进士，一生官卑命塞，白居易说他六十终试协律。贾岛原是和尚，韩愈教他作文，并劝他还俗应举，同样命途多舛，且会面忤宣宗，又得罪大尹刘栖楚。孟郊和贾岛是典型的苦吟诗人，对于现实生活，他们有很强烈的感受，可是欠缺较高的境界和气度，既不能像李白那样超越而且洒脱，也不能像杜甫那样将个人的痛苦泯化于全民族的苦难。总之，他们只是二流的诗人，深邃而狭窄。

孟郊与贾岛仅止于狷，有的韩派诗人简直是狂而且妄了。这一撮诗人，如果生在现代，必然成为精神病治疗的最佳对象。病情其实简单极了：长期的压抑形成了心理上的"情意综"（complex）。在孟郊和贾岛，这种变态是自卑加上自怜，在卢仝、马异、刘叉，则是自卑的变相表现，成为自大。孟郊和贾岛将自己的疮疤尽情地公开，自虐兼而自怜，因而得到一种变相的满足。卢仝等诗人则掩饰自己的疮疤，且尽量幻想自己和伟大的事物合为一体。无论外在的表现是自卑的暴露狂，或是自大的夸张狂，其内在的郁结恒是长期的压抑。中国诗人最大的矛盾，是一面热衷于政治，另一面又自命清高，至少传统的用世观念使他们产生幻觉：天才而不用于政治，是可悲的浪费。考试失败，仕宦失意，就悲观厌世，以贾谊或屈原自命。这种误会作诗就应做官的观念，形成了艺术和政治不分的混乱心理。在英语文学史上，培根和斯威夫特便是这种心理的牺牲品。在西方的古代，不知有多少文学天才被家庭逼迫着去读法律或神学而痛苦万分。卢仝和马异是好朋友，终身不仕，韩愈为河南令时，爱他的诗，曾效玉川体写月食诗。其实卢仝的长诗《月蚀诗》和《与马异结交诗》，徒有气魄，欠缺结构，放纵幻想，虚张声势，句法尤其不诗不文，不过迎合韩愈以文入诗的癖好罢了。这种诗体和诗风，虽然是"反传统"的，并无任何艺术价值，终于难逃元好问的攻击。

其实这种诗并无独创之处。袁枚曾经指出，卢仝的险怪，得力于《离骚》《天问》《大招》。然而卢仝的长诗，骚体不像骚体，古风不像古风，无论称之为"卢仝体"还是"玉川体"，只能聊备一格罢了。马异的《答卢仝结交诗》，也是同样的风格，止于怪诞，不入神奇。至于气盛才衰，杀人夺金的刘叉，于诗并无成就，徒增韩愈教授的烦恼，为韩派作者的光怪陆离添一注脚而已。

皇甫湜是韩愈的终身好友，也是他散文革命的同伴。他不曾写诗，但是在卢仝那种散文化和怪诞的影响下，也写了一篇《出世行》，于怪诞之外，更加上了恶劣。例如，"旦旦狎玉皇，夜夜御天姝"等句子，简直不堪。他的官也只做到郎中和判官，脾气又坏，打儿子，忤同事，死后白居易写诗悼他，把他和祢衡相比。其他的诗友,除了张籍以外,全部是同样怪异的诗风。樊宗师的作品传后者仅一诗二文,《蜀绵州越王楼诗》和一序一记,风格也类似卢仝和韩愈,后人甚至弄不清他散文的句读,韩愈还称赞他"不袭蹈前人一言一句"呢。来自南方的沈亚之,亦曾因落第而得李贺赠诗,且坐德州行营使者柏耆之罪谪南康尉。沈亚之出于韩愈之门,文章亦深受散文运动的影响,亟称韩愈,以险崛为务;在唐代传奇小说家中,他亦属于怪诞一类,传奇三篇"皆以华艳之笔,叙恍忽之情,而好言仙鬼复死,尤与同时文人异趣"。

物以类聚。在传记文学向不发达的中国,隔了十二个世纪,我们犹能看见中唐的一个文学运动,如何以韩愈为领导人物,渐渐地成形。说这是一个文学运动或派别,并非我们的臆测。在生活的经验上,这一群诗人大半是科举和干禄两不得意,压抑之余,大半逃避现实,且呈现一种乖戾悖逆之气(perversion),成为不能适应环境的人(misfits)。韩愈自己也曾数贬外州。在文学的风格上,他们大半倾向于超自然的另一世界,好幻想,好铺张,好夸大,直陈而欠含蓄,感性重于知性。如果用欧洲艺术的形容词来描述,则这一派诗人兼有巴洛克(Baroque)的怪诞与敷衍,哥特式(Gothic)的神秘和战栗。

感性重于知性,是这一派诗人的共有特性。所谓感性(sensuality),系指作品特别侧重感官经验(sensorial experiences)的表达。朱光潜早就指出韩愈《听颖师弹琴》中的诗句"跻攀分寸不可上，失势一落千丈强"是感性的典型。这种意象鲜明感觉突出的句子，在这一派作品中，俯拾皆是。一般说来，怪诞的作品背后，往往隐藏着诙谐。在这一派作者之中，李贺、孟郊、贾岛都欠缺幽默感；韩愈时或流露一线诙谐，我总觉得他的《祭鳄鱼文》有点虚张声势，天真可笑；至于卢仝、马异、刘叉、皇甫湜，就滑稽而下流了。

在唐诗之中，韩愈的圈子确是颇为"反传统"的。他们的"反传统"主要表现在两个方面。第一，他们是"唯丑的"，他们崇奉的是 cult of ugliness（崇尚丑陋）。此地所谓的"丑"是现实经验的丑，透过诗人匠心的变形作用，如果蜕变得成功，可以转化为艺术经验的美。这也就是说，他们的取材有异于一般的唐代诗人，他们处理那些题材的角度也与众不同。他们这种企图化丑为美，化腐朽为神奇，从幻觉找解脱，从自虐找快感的作风，令我们想起了文学中的爱伦·坡、波德莱尔、霍夫曼（E. T. A. Hoffmann）、莫根斯腾（Christian Morgenstern）、布雷克和柯尔律治；更令我们想起了绘画中的戈耶、安索（James Ensor）、孟克（Edvard Munch）、杜米叶（Honoré Daumier）、毕加索和克利，想起了超现实主义的恩斯特（Max Ernst）和达利。这些作家和画家都是既矛盾又荒谬，既深刻又浮躁，既热烈又冷酷，而且恐怖得可笑（comically macabre）。第二，韩门作者是"唯奥的"，他们信奉的是 cult of obscurity（崇尚艰涩）。此地的"奥"，是指他们的表现形式，在文字上，古僻生冷，浓重拙露；在结构上，不规则而且不流畅，在习用的古风之中显示出散文的倾向；在音响上，好用突兀险仄之声，狭促而不和谐；在意象上，轮廓显著而笔触用力，往往纷繁而且复叠。多元色调（polychromatic）的楚辞，铺张扬厉（extravagant）的汉赋，到此更负荷着艰奥而晦涩的古僻（archaism），形成中国古典诗的一股逆流。我们常听人诉苦，说现代诗怎么怎么难懂。可是古人诉苦说韩派诗人难懂也由来已久。例如《昌谷诗集》，开卷第一篇《李凭箜篌引》，其中"吴质不眠倚桂树"一句，徐渭、董懋策、黄陶庵、黎二樵，众说纷纭，或疑吴刚之误，或疑即吴季重。至于"神血未凝身问谁"和"七星贯断姮娥死"等句，解人虽多，亦莫衷一是。有人指出，现代诗人之间，亦往往不解彼此作品。这种现象在韩派作者之间亦曾经发生。陈商不第，曾向韩愈请教，韩愈读了他的文章，竟也感到"语高而旨深，三四读尚不能通晓，茫然增愧赧"，又说"为文必使一世人不好，得无与操瑟立齐门者比与？"文章写到连博学的大文豪韩愈都读不通，实在难逃晦涩之讥了。

　　为了抵制"元轻白俗"，为了响应散文的革命，中唐这一撮诗人创造出一种"反传统"的"唯丑"且"唯奥"的新诗，这原是十分可喜的运动。可惜他们没有把握好分寸，欠缺应有的才情和境界，以致这个运动不幸流产，要等到李商隐和宋代的诗人出现，才完成了他们未竟之业。他们"唯丑"，可是对于生活的态度，是逃避而不是处理。他们走超自然的路，可是类鬼而不类仙，没有李白的魄力和神韵，只沦为粗俗的游仙诗。他们走超现实的路，可是他们变形的作用是外烁的而非内发的，是感官的刺激而非灵魂的震颤，所以不能和爱伦·坡或克利相比。亨利·詹姆斯的《碧庐冤孽》(*The Turn of the Screw*) 之所以没有沦为低级而廉价的怪异小说（gothic novel），便是因为它的力量在心理分析，而不全赖恐怖。这两种境界的区别是重要的，因为灵魂的探索是戏剧性的（dramatio）而非表演性的（melidramatic）。他们"唯奥"，可是那种"奥"只是"翳"，不是"秘"，只是"浊"，不是"深"。他们的"难懂"往往只停留在字面，不是沉潜到想象的本质。李商隐比他们深，因为他的"难懂"属于诗思本身。此处我必须说明一下，艺术之中的所谓"难懂"（difficult）和常识上的"不可解"（unintelligible）或逻辑上的"不通"（illogical）有区别。"难懂"指读者进入一件艺术品想象本质时要加倍努力。一件真实的艺术品，当它的所谓"难懂"性终被克服时，将更为耐看、耐听、耐想。要克服韩派诗人的"难懂"，读者只要一部大辞典；但要克服李商隐的"难懂"，他必须锻炼自己的想象力。大致上说来，这一派的境界不够恢宏。论深度，李贺不及李商隐。论高度，卢仝不及李白。论广度，孟郊不及杜甫。孟郊落第，便觉"出门即有碍，谁谓天地宽？"杜甫落魄，仍无碍于

"纳纳乾坤大"。

然而韩愈圈内的作者,也不曾完全失败。例如,李贺,在他精巧的艺术冷宫之中,便留下了一点持久的价值,遥遥地预期着现代诗某些方面的特性。

药罐中和驴背上

韩愈博士在九世纪初的文坛上,以一位散文大家兼写新诗,声望之高,交接之广,个性之强,相当于英国十八世纪新古典主义的领袖詹森博士。如果他的弟子如皇甫湜者,能像鲍斯威尔那样,写一本生动而详尽的《韩愈博士传》,不但描绘大师的言行起居,抑且旁及他四周的人物,则文学史和批评的工作,将顺利而深入得多。可惜刘昫和宋祁为正史所撰的列传,简陋而不科学,不是冠冕堂皇的擢升谪降记录,便是无稽的传说和零星的轶事。例如,《旧唐书》李贺的本传仅寥寥数句,不满百字,比现代人求职的履历表还短。《新唐书》的本传略多篇幅,但也大半以李商隐的《李长吉小传》为根据。李贺的好朋友沈亚之,写了三篇传奇,也不曾为我们记述一点李贺的生平。有关他生平的记述,仅有的资料,恐怕只有杜牧应李贺生前好友沈子明之请而写的《李长吉集序》一篇,李商隐写的《李长吉小传》一篇,唐张固所撰《幽闲鼓吹》及明彭大翼所撰《山堂肆考》中的片段传闻，以及《讳辩》一类文字中的偶尔涉及。根据这些不甚可靠的资料（杜序写在贺死后十五年，李传作者不可能与贺发生直接关系），加上李贺自己的作品，我们似乎可以为这位早夭的诗人浮雕出下面的朦胧侧影：

李贺字长吉，父名晋肃，系出郑王之后。《新唐书》说他"七岁能辞章。韩愈、皇甫湜始闻未信，过其家，使贺赋诗，援笔辄就如素构，自目曰《高轩过》。二人大惊，自是有名"。大概这就是李贺七岁赋《高轩过》一说的来源，颇为一般文学史所袭。可是杜牧和李商隐都不曾提到这一点，而杜牧之友沈子明为贺生前知己，"义爱甚厚，日夕相与起居饮食"，李商隐的小传材料更得之余"长吉姊嫁王氏者，语长吉之事尤备"。可见《新唐书》之说不确。贺早熟凤慧，当系事实，但是《高轩过》一诗，如系贺作品，绝非七岁儿手笔。语气不类幼童，暂且不说；诗中所谓"文章巨公"应指韩愈，但韩愈长贺二十二岁，贺七岁时，韩愈才二十九，犹未成名，何得为文章巨公？《高轩过》篇首说明，系"韩员外愈、皇甫侍御湜见过，因而命作"。韩愈到元和四年始真除国子博士，改分司都官员外郎，那时他已四十二岁，贺亦已二十岁，《高轩过》作于此时，自然合乎情理。《唐诗纪事》说韩愈为国子博士时，贺以诗进谒，韩愈"已送客解带，门人呈卷，旋读之，首篇《雁门太守行》云：'黑云压城城欲摧，甲光向日金鳞开'，即援带命邀之"。此说如果可靠，则李贺进入韩派诗人群中，应该是在公元八〇九年，李贺先自荐于韩愈，然后韩愈和皇甫湜去回拜他。

李贺是河南昌谷人，他出现在长安文学界，应该是在二十岁左右。他曾经住在长安的崇义里，和贵族的子弟交游，可是他的朋友，仍以落拓失意的青年作家为主，其中包括权璩、崔植、杨敬之、王参元、沈子明、张又新、沈亚之、皇甫湜、陈商。沈子明在李贺临终之时，为贺保存诗作，"离为四篇，凡二百三十三首"。这便是我们今日读到的长吉诗集。张又新号张三头，曾两度被贬，婚姻亦失意，所恋酒妓为政敌李绅所据，又曾遇风漂没二子。沈亚之是吴兴人，元和七年（八一二）落第，正值李贺亦穷蹇潦倒，"无钱酒以劳"，曾作《送沈亚之歌》赠他。后来亚之虽然在元和十年中了进士，且有后辈李商隐的赠诗，亦不达。皇甫湜发现长吉后，与长吉过从颇频，长吉集中有三首诗给他。被韩愈讥为不合时宜的陈商，元和初年不第，到元和九年始中进士。元和四年，正是李贺见韩愈的一年。我想，贺识陈商，亦可能是在这年。贺有《赠陈商》一诗，对商极为崇仰，说商"太华五千仞，劈地抽森秀"，又说他自己"二十心已朽；楞伽堆案前，楚辞系肘后；人生有穷拙，日暮聊饮酒；只今道已塞，何必须白首？"可见这首诗必在元和四年左右所写，因为接下去贺又说商"凄凄陈述圣，披褐锄俎豆；学为尧舜文，时人责衰偶"。学为尧舜文，也许是指商的文章古味斑斓；时人责衰偶，也许包括韩愈的责难在内。总之这首诗的写作日期，是在陈商中进士（八一四）之前，应无疑问。此外，韩愈圈内还有一位和尚音乐家，与诗人们甚为熟稔。韩愈和李贺都曾写诗，赞叹他神乎其技的演奏。大家都称他为颖师，只是韩愈和他因习而狎，诗中语气近乎诙谐，说"颖乎尔诚能，无以冰炭置我肠"！李贺齿晚，对颖师有点敬畏。韩愈诗中只说琴音给他的感受，未及乐器及乐师形象；李贺诗中便补述说："笠僧前立当吾门，梵宫真相眉棱尊。古琴大轸长八尺，峰阳老树非桐孙。"可是那时的长吉，已经凉馆惊弦，病笃难起了。

年轻多病的长吉，喜爱而且尊重这些韩门的朋友，可是对一般时人，他的态度则非常高傲不群，得罪了不少人。李商隐说他"当时人亦多排摈毁斥之"。张固也说，贺有表兄，与贺有笔研之旧。贺死后，李藩侍郎搜集贺诗未竟，拜托这位表兄为他寻找遗篇。表兄自称，"某尽得其所为，亦见其多点窜者，请得所葺者视之，当为改正"。李藩便把自己已有的贺作完全交给他，过了一年，消息全无，再去找他责问。那位表兄竟说："某与贺自小同处，恨其傲忽，尝思报之，所得兼旧者，一时投于溷中矣。"彭大翼在《山堂肆考》中亦简述此事，并记载贺时人元祯以明经中第来谒，贺见了他的名刺，竟当面抢白他说，"明经及第，何事来见李贺？"结果元祯羞惭而退。

李贺得罪了这么多人，时辈当然恨他。果然，当他的保护人韩愈博士劝他投考进士的时候，妒他的考生便扬言骂他，说他如举进士，便犯了他父亲晋肃的讳。闻者不察，竟同然其说。韩教授便写了那篇有名的《讳辩》，引经据典，把毁贺人士痛折了一番。尽管如此，李贺卒不就举，就这样断送了一生功名。李商隐说他"位不过奉礼太常"，宋祁说他"为协律郎"。这只是一名正八品小官，主宗庙礼仪，调和律吕，一名乐师罢了。李贺自己也悲叹，"奉礼官卑复何益？"不过这也可以说明长吉集中何以很多乐府宫体，而且富于音乐性。《旧唐书》便说，"其乐府词数十篇，至于云韶乐工，无不讽诵"。

　　事业失意，加上勤奋无度，使长吉多病而早衰。李贺与王勃同为唐代早夭的青年诗人，有人将二十七病故的李贺比拟济慈（按中国年龄亦二十七而殁），二十八溺海的王勃比拟雪莱（亦死于南方）。长吉和子安可说都一鸣成名（《高轩过》与《滕王阁序》）；他们的创作习惯也同样奇幻动人，为后人所争传。只是王勃的磨墨醉卧，梦中经营，显得多么潇洒安逸。李贺的方式，相形之下，就太苦了，很像同门的寒瘦二生。李商隐说他"每旦日出，与诸公（王参元、杨敬之、权璩、崔植）游，未尝得题然后为诗，如他人思量牵合以及程限为意。恒从小奚奴，骑距驴，背一古破锦囊，遇有所得，即书，投囊中。及暮归，太夫人使婢探囊出之，见所书多，辄曰：'是儿要当呕出心始已耳！'上灯与食,长吉从婢取书,研墨叠纸,足成之,投他囊中。非大醉及吊丧日,率如此"。这是一段生动而详尽的记述。如果王勃潜意识的酝酿像柯尔律治,则李贺的刻意经营有点像爱伦·坡。可是这不能说长吉才思不够敏捷,如果《高轩过》确系对客挥毫。《八山堂肆考》便载,"有人谒贺,见其久而不言,唾地者三,俄而文成三篇"。

长吉名场不逞,将生命奉献给缪思,将雕虫小技视为雕龙大业。他委实太辛苦了,不但画间骑驴猎诗,还要夜间焚膏捕句。艺术家都是这样,在短促的生命之中不断和太阳赛马,和太阴赛马,和死亡赛马,来得太疾的死亡是太短的期限,而一切杰作都得"限期交卷"。长吉不但常常伏案到夜深,有时甚至通宵工作。在《南园十三首》里,他带着凄切的自嘲写道:

寻章摘句老雕虫,晓月当帘挂玉弓。
不见年年辽海上,文章何处哭秋风?

在《酒罢张大彻索赠诗张初效潞幕》一诗篇末,亦有"陇西长吉摧颓客……吟诗一夜东方白"之句。使其中不自得,将何往而非病?在这样严厉的自策之下,可怜的长吉不但灵魂病着,抑且肉体病着。中唐原是一个苦难的时代,诗人的早衰应是意料之中的事。白居易未老,便患上视神经衰退,眼中黑斑有如"飞蝇垂珠,动以万数"。韩教授才三十多岁,眼睛、头发、牙齿都已经不健全了。孟郊和贾岛更是满纸的啼饥号寒,哭穷叹病。可是长吉的病情带着一种残酷而恐怖的自虐与自怜,他的病感一直锥进了三十三根脊骨的深处,像一只绝望的毒螯。艾略特说:

  魏伯斯特深深为死亡所苦,
  且透视皮肤,看见头盖骨;

在同一诗中,艾略特又说:

  他熟悉骨髓中央的痛楚,
  嶙峋骨架有寒战啊起伏。

豪斯曼(A. E. Housman)也有相似的句子:

  当我迎接到晨曦的光辉,
  或是夜间躺下来梦寐,
  我听见骨骼在体内窃语:
  "又一夜,又一天已经逝去。

  "这一层感官的皮何时蜕去,

何时解脱这一具欲念之躯?
何时能结束肉身与灵身,
只有峥嵘的骨身啊长存?

"行人啊朝东行,行人啊朝西,
可知为什么你们不能安息?
为了每一位母亲的男孩,
碌碌地奔波,拖一架骨骸。"

长吉的病感正是如此。在《伤心行》中,他便说:

咽咽学楚吟,病骨伤幽素;秋姿白发生,木叶啼风雨;灯青兰膏歇,落照飞蛾舞;古壁生凝尘,羁魂梦中语。

这种自画像并不全是夸张,因为长吉二十七岁便夭逝了。他确实是未老先衰,病骨清癯,发斑且落,右手彩笔,左手药囊地踏上了去白玉楼之路。李商隐说他"细瘦,通眉,长指爪,能苦吟疾书"。长吉也屡在诗中自称"庞眉书客"。《高轩过》中便有这样的句子:

庞眉书客感秋蓬，谁知死草生华风！我今垂翅附冥鸿，他日不羞蛇作龙。

戴君仁先生注释谓"庞眉书客"指耆宿之潦倒者，意贺天殁，不可能庞眉。事实上长吉眉发均斑。《感讽》第二首便说，"我待纤双绶，遗我星星发"。而《仁和里杂叙皇甫湜》更形容自己："归来骨薄面无膏，疫气冲头鬓茎少。"就这样为写诗而憔悴，而发斑，而病倒，夜深时仍然坐在药罐子旁边写诗，只有一个巴童（小奚奴？）伺候他。下面是"昌谷读书示巴童"及代拟的《巴童答》：

虫响灯光薄，宵寒药气浓。君怜垂翅客，辛苦海相从。

（示巴童）

巨鼻宜山褐，庞眉入苦吟。非君唱乐府，谁识怨秋深？

（巴童答）

庞眉苦吟，当然是指长吉自己。垂翅客与《高轩过》中句"我今垂翅附冥鸿"义同。长吉昌谷人，远游长安，自称书客，盖留学生之意。《秋来》一首，有"雨冷香魂吊书客"之句。《题归梦》

中长吉也自谓："长安风雨夜，书客梦昌谷。"可见"庞眉书客"当系长吉自称。

不第，不达，多病，而且怀乡，敏感的长吉只有自遁于超自然（supernatural）的世界和历史的记忆之中，亦即游仙诗和怀古诗的幻境。死亡的森寒笼罩着他，成为他经常的萦心之念（obsession）。他诗中冉冉升起一股死亡的黑氛。在这方面，李贺实在可以加入济慈、爱伦·坡、波德莱尔，及法国颓废诗人的队伍，去掌恐怖之王的黑旗。他的诗中屡次提到服药，〈听颖师琴歌〉便说，"凉馆闻弦惊病客，药囊暂别龙须席"。然而久药不愈，终于病危，《咏怀》之二便预言说，"日夕看书罢，惊霜落素丝；镜中聊自笑，讵是南山期！"旧友之不第者，这时也纷纷中第了。例如陈商中进士第，在长吉死前二年（元和九年）；沈亚之中进士第，在长吉死前一年（元和十年）。只有长吉失意以终。李商隐描绘长吉弥留的情态，虽然自称本长吉姊适王氏者之语，究竟只是一段凄丽的神话，近乎杜牧梦书白驹醒而甑裂的传说。李乔隐说："长吉将死时，忽画见一绯衣人，驾赤虬，持一版书，若太古篆或霹雳石文者，云，'当召长吉'。长吉了不能读，欻下榻叩头言，'阿奶（长吉学语时呼太夫人云）老且病，贺不愿去。'绯衣人笑曰，'帝成白玉楼，立召君为记，天上差乐不苦也。'长吉独泣，边人尽见之。长吉气绝，常所居窗中，勃勃有烟气，闻行车嘒管之声。太夫人急止人哭。待之如炊五斗黍许，长吉竟死。"最可爱的是，李商隐还恐读者不信，补充了一句说："王氏姊非能造作谓长吉者，实所见如此。"

接着李商隐发了一番感慨，但忘记问长吉的姐姐，诗人死于何病，有无后人等。杜牧在序文中，说沈子明在给他的信中，泣叹"贺复无家室子弟，得以给养恤问，常恨想其人，咏味其言止矣"。不过这篇序文是在长吉死后十五年写的。沈子明显然是说长吉独身以终，不过也可能妻子后他而亡，但到杜牧作序之时均已无存。从长吉《送小季之庐山》末篇所说"下国饥儿梦中见"，以及《黄头郎》《咏怀》各诗来看，长吉似乎又是有子且爱妻的。黎二樵就怀疑杜牧所记不确。我们可以断言的是，长吉至少有一个姐姐，十四个哥哥，和一个小弟李犹。他似乎很喜欢这位小季。

至于李贺的作品，据称散失的很多。李商隐说，王参元、杨敬之常常去长吉贮句的囊中，采取写去；又说长吉每独骑行京洛之间，所至偶有作品，亦随即抛弃。加上被那位表兄投入溷中的手稿，我们的损失是很可观的。

补天的彩石

李贺在中国古典诗中的地位，是非常特殊的。他的宇宙观，他的题材，他的风格，和传统的古典诗很不同。历来中国的批评家,大率注意到他的才华,但以为他的创作有悖诗之常轨,穿幽入仄,诡谲离奇,只可聊备一格罢了。杜牧作序,说长吉风格,"鲸呿鳌掷,半鬼蛇神,不足为其虚荒诞幻也"。宋景文呼他为鬼才,严沧浪呼他为鬼仙。其后李贺便以鬼才的姿态,幢幢然隐现于中国的古典诗中。李贺欠缺儒家的意识形态,也违反了儒家的文艺思想,因此在传统的批评文字之中,不是一笔带过,便是强为纳入儒家的意识形态,释为警世讽时之作。中国的古典文学批评,像其他深受儒家心智活动影响的学问一样,往往欠缺某种程度的逻辑思考和科学精神,笼统而游移的评语多于精确而深入的分析,令人读过之后,只能抓到一把对仗工整声韵铿锵的形容词。有时这种批评又趋向另一极端,变成刑警侦案式的考据,历史的(historical)兴趣取代了美学的(aesthetis)兴趣,侧重了政治背景的影射,忽略了艺术表现的成败。我无意否定史的研究,可是一首诗在艺术上的成败,不能取决于它和历史背景的关系,而了解了一位作者在政治上的浮沉或是感情上的波折,也不一定就能充分把握那首诗的境界。诗是灵魂的历史,不是政治史或经济史。现实的阳光,透过了艺术的三棱镜后,不再还原为阳光,却被变形为美丽的彩色。中国文学的批评,便是在这两个极端——悬空与落实——之间徘徊。有关李贺的批评便是一例。无论说李贺"辞尚奇诡"(《新唐书》),"怪得些子"(《朱子》),说"其文思体势,如崇岩峭壁,万仞崛起"(《旧唐书》),或是说"元和之朝,内忧外患,贺怀才兀处,虑世道而忧人心,孤忠沉郁,命词命题,刺世弊而中时隐,倘不深自强晦,则必至焚身,斯愈推愈远,愈入愈曲,愈微愈减"(昌谷诗注凡例)等,都不能真正透视李贺的艺术。

刘大杰的《中国文学发展史》,以近三整页的篇幅评述李贺,说他"正如《红楼梦》中的贾宝玉,是一个风姿美貌才情焕发的贵公子",又说他"善于选用最冷僻幽奇的字眼,构造最巧妙的文句,去掩藏那肉感淫欲的色情"。这两种观念都是错误的。

一个没有进士学历,官仅八品,多病、苦吟而怀乡的庞眉书客,大概不能被形容成"风姿美貌才情焕发的贵公子"吧?长吉是一个伤心人,九世纪初一个最敏感的悲观主义者。他的悲观既是个人的(personal),也是非个人的(impersonal),也就是说,泛宇宙的(cosmic)。如果仅限于个人的,写实的,则这种悲观只是发牢骚而已。豪斯曼的诗,哈代的小说,都是超越个人的;长吉的作品也是如此。长吉在现实生活上的压抑感,弥漫在他许多半咏史半游仙的真幻不分的诗中,膨胀成神话性的宇宙的幻灭感。在吊古伤今的古典诗中,物是人非,时不我予之感,是一阕弹得最滥的老调子。长吉所表现的,却是以宇宙为背景的幻灭感:

晓声隆隆催转日,暮声隆隆催月出。汉城黄柳映新帘,柏陵飞燕埋香骨。磓发千年日长白,孝武秦皇听不得。从君翠发芦花色，独共南山守中国。几回天上葬神仙，漏声相将无断绝。

上面这首《官街鼓》的诗思，建筑在一个有趣的 paradox（似矛盾而可能真实的叙述）上面。一般的观念，恒认为永恒是超时间的存在，而时间是不断运动不断消逝的一种东西。可是李贺生活在时间之中，对于他（正如对于我们一样），永恒，亦即神话的空间，神仙的 N 度时间，是必朽而且轮替的，可是时间之流不歇。也就是说，累积起来的时间（以鼓声和漏声为单位），简直长于永恒。这种时间的观念，是异常矛盾而又异常美丽曲折的，可是其中也不无若干真理。天文学家霍伊尔（Fred Hoyle）便将膨胀中的宇宙（the expanding universe）之半径解释为时间。想象对于科学家和艺术家来说，同样重要，因为它能弥补观察的不足。具有敏锐的想象力，始有强烈的直觉上的同情（sympathy），复由同情而交感（transfusion），由交感而合一（identification）。具有这种想象力，诗人才能将自己的生命注入宇宙的大生命，才能将个人的注入民族的、人类的、生物的和无生物的一切。所以想象力越强的诗人，他的同情、交感、合一的范围也越广，对象也越大。福楼拜说，包法利夫人就是他自己。惠特曼说，他就是美国形形色色的人民。布雷克说，他就是被猎的野兔和折翼的云雀。李贺的想象力却是越级而跃的，从个人的直接跳到历史的、神话的、宇宙的。他的想象在至小的自我和至大的时空作两端的燃烧，中间的一大截却是空白。李贺的生命太短，他还不可能作杜甫和白居易式的同情和合一。在这方面，他在某种程度上接近屈原和李白，但是欠缺前者的道德热忱和后者的自大狂妄。长吉患的是"常怀千岁忧"的时间过敏症。他不但为今人担忧，为古人担忧，且为宇宙与神担忧。从"月寒日暖煎人寿"到"劫灰飞尽古今平"再到"王母桃花千遍红，彭祖巫咸几回死"；从"天若有情天亦老"到"七星贯断姮娥死"；这种超历史的时间过敏征日益强烈。而这种宇宙性的幻灭感和中国古典诗中的历史兴亡感甚不相同。

然而李贺的想象并不纯以庞大的时空为作用的对象，往往，引起他同情、交感并且合一的对象只存在于时空以外，亦即杜牧所谓的"牛鬼蛇神"之类的 supernatural（超自然的）的幻觉。中国传统批评家目他为诡奇险怪，即因此。袁枚甚至将他和卢仝相提并论，实在低估了他。而某些新文学的批评家又将他归入所谓"唯美派"，其说与传统批评家所持者似相反而实相成。有"鬼才"之称的李贺，恐怕有三分之一的作品涉及鬼神，其中直接而且正面写鬼魅仙狐之类的亦不在少数。长吉，和太白一样，在诗的师承上，接受的是非儒的半骚半道神话传统。爱伦·坡曾说自己："不解，恐惧，狐疑，梦着梦，没有凡人敢梦见的梦。"李贺的梦也是这样：

逍遥游

> 西山日没东山昏，旋风吹马马踏云，画弦素管声浅繁，花裙萃缥步秋尘。桂叶刷风桂坠子，青狸哭血寒狐死。古壁彩虬金帖尾，雨工骑入秋潭水。百年老鸮成木魅，笑声碧火巢中起。

这是描写秦俗尚巫三首之一的《神弦曲》，韵尾由平入仄，意象由真入幻，想象力贯透了幽冥的世界，可以说是长吉基本风格的代表作之一。像这样气氛逼人的作品，题材是虚幻的，描写却是写实的，由许多色调浓烈的具体形象构成一种艺术上的总效果。它给读者的影响，不是心智的（intellectual），不是情感的（emotional），而是感官的（sensational）；因此它留给读者的经验，既非思考的，亦非发泄的，而是官能的震撼。长吉的这类作品，在音乐上，使我们想起标题的交响诗（symphonic poem），例如莫索尔斯基的《荒山之夜》（*Night on the Bald Mountain:* by Moussorgsky）；在绘画上，使我们想起深浅有异的单色（monochromatic）作品，例如艾尔·格瑞科的《陀雷多幻景》（*View of Toledo:* by El Greco）。在诗一方面，我们可以把它比拟柯尔律治的《古舟子咏》，比拟其中的鬼舟，鬼舟上的僵尸群，七色斑斓的魔海，和海上盘舞的彩蛇。这些作品给我们的经验，主要是感官的，感官的战栗和震撼。恐怖和憎恶，原是人性之中两个基本的强烈经验。它们介于感情和感觉之间，既是心灵的，又是官能的,在日常生活的经验之中,恒被认为"丑"。可是通过艺术的组织和变形作用,现实的"丑"可以转化且升华为想象的"美"。因为在艺术之中,我们挣脱了现实的利害关系,可以超越自我地感受恐怖和憎恶,既免于患得患失的顾虑,又耽于纯粹感官的经验。例如,读到"毒虬相视振金环,狻猊猰貐吐馋涎",或是"山魅食时人森寒"等句的时候,我们不怕毒虬或山魅真会危及我们的安全,并且能够专注地感受恐怖和憎恶,因此在想象上能够进入一个完整无憾的世界,也因此感到"美"。艺术上所谓"美",原是一种自给自足,纯粹而完整的经验。可是在现实生活中,真正面临一条昂首瞋目的毒虬,我们便要分心于安全的问题,而那种感受的完整性便解体了。柯尔律治解释他自己在处理超自然的诗中,要做到"一种能够乱真的境界,乃能使面临那些想象之阴影的读者,刹那之间欣然排除难以置信的心理,而这便构成了诗的信仰"。这种理论正可以用来解释李贺的若干作品。事实上,李贺和柯尔律治之间,有很强烈的血缘。例如,下列的《李凭箜篌引》,无论在题材的选择上,想象的作用上,或是表现的手法上,和柯尔律治的未完成的杰作《忽必烈》,皆有同曲同工之妙:

吴丝蜀桐张高秋,空山凝云颓不流,江娥啼竹素女愁,李凭中国弹箜篌。昆山玉碎凤凰叫,芙蓉泣露香兰笑。十二门前融冷光，二十三丝动紫皇。女娲炼石补天处，石破天惊逗秋雨。梦入神山教神妪，老鱼跳波瘦蛟舞。吴质不眠倚桂树，露脚斜飞湿寒兔。

柯勒律治的诗长五十四行，不便在此引述。可是凡读过英文原著的读者，想必同意我的比拟。两诗相似之处简直太巧了——它们都要摹状音乐，都富于奇幻的意象，都向往另一个空间，都有传说中女人的哭泣，都有为琴音震动的皇帝，都有波跳、石破与无稽之山，都以一梦结尾，且都结得有头无尾，貌若未完成而实为高度的完成。李贺和柯勒律治该都是弗洛伊德析梦的理想对象。他们都具有莎士比亚《仲夏夜之梦》中描摹诗人时所谓的"精妙的激动"（fine frenzy）。他们都有呼风唤雨的魔术，能把各殊的（heterogeneous）意象，组成大同的（homogeneous）意境。也就是说，他们都是超现实主义的先驱。

真的，十一个世纪以前的李贺，在好几方面，都可以说是一位生得太早的现代诗人。如果他生活在二十世纪的中国，则他必然也写现代诗。他的难懂，他的超现实主义和意象主义的风格，和现代诗是呼吸于同一种艺术的气候的。李贺如果是二十世纪初年的美国青年，他必然成为一位最杰出的意象派诗人。所谓"意象主义"（imagism）原来是一九一四年至一九一七年，先后由庞德（Ezra Pound）和艾米·洛威尔（Amy Lowell）领导的一个新诗革命运动。它在英美曾经起到了很大的作用；本身虽然没有产生多少伟大而持久的作品，但是它的摧枯拉朽的力量，它的主张和因此激起的炽烈的论战，却促进了未来的诗坛盛况，解放了许多诗的心灵。在现代诗中的地位，"意象主义"略似"立体主义"之余现代画。消极的一面，这个运动反对十九世纪末二十世纪初诗坛的虚张声势和模糊笼统；积极的一面，它提出了六个主张，简化了，便像这样：（一）使用日常口语，但需用字精确；（二）创造新节奏，以表现新意境，且认为"自由诗"（free verse）较能表现作者的个性；（三）自由选择题材；（四）呈现意象（image），且认为诗应处理具体而确定的事物；（五）写作坚实而明朗的诗；（六）坚信诗之要义为浓缩集中。也许是因为太集中了，所以某些意象派的小品颇似日本的俳句，只有刹那的感官记录，像庞德写车站的这首：

> 人群中，这些面孔的鬼影；
> 潮湿的黑树枝上的花瓣。

李贺的诗在许多方面都预期着这种诗风。首先，他和韩派的其他诗人一样，也受了散文反骈诗体避律的影响，学习楚辞以降以至李白韩愈所发展的"自由诗"，且在乐府古风之中创造出十分独特的形式，例如他的"苏小小墓"。其次，李贺呕心之作大半能做到浓缩、坚实、明朗的程度。他很能把握物体的质感和官能的经验，不但他的诗风晶冷钻坚，锵锵作金石声，即连他的字汇和隐喻（metaphor），也硬凝如雕塑品。这一点，很像女诗人西特韦尔（Edith Sitwell）。可是最重要的一点，是李贺诗中那种伸手可触的突出纸面的意象；要说不隔，真是直逼眉睫。看看他的《北中寒》：

  一方黑照三方紫，黄河冰合鱼龙死。三尺木皮断文理，百石强车上河水。霜花草土大如钱，挥刀不入迷蒙天！争潜海水飞浚喧，山瀑无声玉虹悬。

这种清朗爽利的笔触和构图，何逊于法国诗坛上以冷静客观为务的"高蹈派"（The Parnassians）或美国诗坛的"物象主义"（objectivism）？"挥刀不入迷蒙天"一句，比起意象派诗人杜立达女士（H. D.）那首浪得虚名的《暑气》来，岂不更浓缩而自然？

  风啊，撕开这暑气，
  切开这暑气，
  把它撕成碎片。
  在这种稠密的大气里，

> 果子无法下坠——
> 暑气上压而磨钝
> 梨子的尖角，
> 也磨圆了葡萄，
> 果子无法落下。
> 切开这暑气吧——
> 犁开它，
> 把它推向
> 你路的两旁。

十三行只重复一个意象，费辞的程度，甚于"绣毂雕鞍"。中国古典诗中，常有很生动的意象派的好句子，但往往妙手天成，不像杜立达那么刻意求工。小奚奴的古锦囊中，这种感性强烈的意象太多了。"隙月斜明刮露寒，练带平铺吹不起"（《春坊正字剑子歌》）；"角声满天秋色里，塞上燕脂凝夜紫"（《雁门太守行》）；"杨花扑帐春云热"（《蝴蝶舞》）；"踏天磨刀割紫云"（《杨生青花紫石砚歌》）；"烹龙鱼凤玉脂泣……桃花乱落如红雨"（《将进酒》）；这些都是值得刻在白玉楼上的句子。

真的，长吉是属于现代的，不但意象主义和超现实主义，即使象征主义的神龛之中，也应该有他先知的地位。象征主义肇因于爱伦·坡，波德莱尔输入法国，高蒂耶纳入理论，终于被马拉美和梵乐希发挥到巅峰。象征主义与颓废主义互为表里，它诉诸人的感觉与灵魂，而不是理性或情感，它企图将人性自理与情中解放出来，而且要加深并扩大诗的经验。在它以后的一切文学，尤其是诗，都多少接受这派诗人的影响，超现实主义只是它的加速发展而已。批评家威尔逊（Edmund Wilson）曾经如此解释象征主义："企图透过以各殊的隐喻表现的意念之繁复联想，来传达独特的个人感受。"在象征主义的诸多特质之中，最令我们注意的两项，是暗示性（suggestiveness）和官能经验的交融（fusion of the senses）。马拉美曾说："（欣赏）诗的乐趣，在于逐次的层层剥解，直言其物，便减却四分之三的这种乐趣。诗必须以暗示出之。诗必须恒为一谜。"波德莱尔时常将不同的感官经验交融在一起，以增加彼此的浓度。他曾说，香味芬芳如木箫，翠绿如草原，新鲜如童肤；在短短的两行诗中，便交融了嗅觉、听觉、视觉和触觉。李贺的诗中也充分表现了这两个特质。他在诗中，往往避免直呼物名，自撰新词（亦即所谓代字）以形容其质感。例如，称水为碧虚，天为圆苍，酒为琥珀，花为冷红，草为寒绿，月为吴刀或寒玉（见《江上团团帖寒玉》），剑为玉龙或神光，银河为"玉烟青湿"，为"银湾晓转"，为"天江碎碎银沙路"等。在意象的构成上面，他也很注意贯通不同的感官经验，使用 analogy（大异而小同之两物，其部分相似之点谓之 analogy）的桥梁，融和两种物态。例如，在"石涧冻波声"一句中，液体的水波凝结成固体的冰;这原是视觉与触觉的变化,可是连带将听觉的"波声"也给冻住了。用一个"冻"字,代替了结冰与寂静的两态,说浓缩真是浓缩极了。相似手法的例子,还有"羲和敲日玻璃声""银浦流云学水声""劫灰飞尽古今平""春风吹鬓影""忆君清泪如铅水"等。

一般文学史将李贺纳入所谓唯美派,且追溯他为先驱。事实上,英国十九世纪末的唯美派只是法国象征派影响下的一个次要的运动。此运动在创作方面的代表人物王尔德,只是一位二三流的诗人。他的主要成就是社会讽刺喜剧;那种针锋相对的台词,震世骇俗的警句,和李贺的风格相去甚远。唯美主义一面为对岸的象征主义推波助澜,另一面上承本国前一辈的诗人与艺术家倡导的"前拉菲尔主义"(Pre Raphaelitism)。这一派的作者反对文艺复兴以来的艺术规则,主张要恢复拉菲尔以前的自由与原始。诗人兼画家的罗赛蒂(D. G. Rossetti)自然成为这个两栖艺术运动的领袖;他的诗和画异曲同工,都是细节明艳华美,整体恍惚迷离。李贺比较着重描写现实生活的一面,优雅精致,和罗赛蒂的"以画入诗"极为接近。例如,他的《美人梳头歌》,便令我们想起罗赛蒂的《幸福女郎》,更想起济慈的《圣爱格妮丝之前夕》:

西施晓梦绡帐寒,香鬟堕髻半沈檀。辘轳咿哑转鸣玉,惊起芙蓉睡新足。双鸾开镜秋水光,解鬟临镜立象

> 床。一编香丝云撒地，玉钗落处无声腻。纤手却盘老鸦色，翠滑宝钗簪不得。春风烂漫恼娇慵，十八鬟多无气力。妆成欹鬓欹不斜，云裾数步踏雁沙。背人不语向何处？下阶自折樱桃花。

《长吉集》内二百三十多首诗中，尚有少数风格游移的作品，大抵反映了他当代的或稍早的作者给他带来的影响。《巫山高》《开愁歌》《相劝酒》《高轩过》像李白；《赠陈商》《仁和里杂叙皇甫湜》近杜甫；《春归昌谷》学韩愈；《苦篁调笑引》类元白；《苦画短》拟卢仝。晚唐的李商隐，风格的某一面很肖李贺，有时竟在字面上追摹。例如"幽兰泣露新香死"便出自长吉的"芙蓉泣露香兰笑"；而"骐驎蹋云天马狞，半山撼碎珊瑚声"简直是长吉的"旋风吹马马踏云""昆山玉碎凤凰叫""羲和敲日玻璃声"三句的零解重装了。后人受长吉影响的，不绝如缕，来龙去脉已有钱钟书先生详加条析。据我所知，历来对李贺的批评，以《谈艺录》一书最为持平而且深入。其他的文字，往往不能直撄李贺创作的核心，去探古锦囊中的真相，不是诋其险怪，就是病其绮丽。李贺的风格，自新文学革命以来，始终没有享到应有的注视。胡适的白话文学，左翼作家的普罗文学，一般所谓新文艺作家的半票文学，和现代主义作家的无视传统，都是使李贺骑驴不归的原因。然而在二十世纪的拥李的 elite（精英）之中，先后有梁任公和钱默存为他辩护,长吉若"楼上有知",也可以抚囊开口而笑了。梁任公在"中国韵文里头所表现的情感"的讲稿中,将李贺归入楚辞,郭璞、李白、韩愈、卢仝一支,且说他的作品"不知者以为是卖弄辞藻,其实每句都有他特别的意境,大抵长吉脑里头幻象很多……我们不能不承认他在文学史上的地位"。任公在那一讲里,举出了恐怕是李贺最好的一首诗——《金铜仙人辞汉歌》,并且在论及同派其他作者时居然使用了"超现实"一词(虽然他的用意不是 surrealistic),不能不使我们敬佩他敏锐的直觉。钱默存在《谈艺录》中也说过,"古人病长吉好奇无理,不可解会,是盖知有木义而未识有锯义耳"。

然而我们毕竟不能说李贺是一个大诗人(major poet)。他死得太早,也许还没有臻于充分的自我完成。他的视野狭窄;他的结构往往部分压倒整体,有句无篇;他的形式往往太紧促,太自觉;他的想象和观察不成比例,而他的想象上的同情,只能从个人的这一端跃至神话的那一端,时代和人类几乎是一片空白。李白也是这样,可是李白比他自由,自在,有力,而且贯串,有整体的意境和律动。拿李贺的古风和他的一比,立刻就感觉出来了。然而李贺也绝对不是一位小诗人。他自然不能和杜甫李白等重等高,可是他自己的声音却纯属他自己所有。在现代诗坛上,李贺的先驱的影子,他的贯通现代各种诗派特质的风格,他的创作技巧,他的宁缺毋滥的浓缩乃至难懂,他的"笔补造化天无功"的壮丽宣言,大而至于他那一群中唐的韩门诗人,都值得拥护和反对现代诗的双方的注意。一九六四年太岁在甲辰,应该是中国的作家们雕龙的龙年,先以此文纪念一位骑赤虬而赴白玉楼的青年诗人。

儒家鸵鸟的钱穆

莎士比亚在他的第五十五号商籁中,曾经非常自信地说道:

　　大理石,或是帝王镀金的墓碑,
　　都不能比我宏伟的诗句更长寿。

他的预言是兑现了,至少已经兑现了三个多世纪。虽然今天在英国王座上的,已经是第二位的伊丽莎白,虽然日不落国的太阳已经像斜阳,而伊丽莎白第二的皇冠上,已经比维多利亚的那顶少了一大颗印度,莎士比亚的光辉仍然绚如朝日。一九六四年的四月二十三日——莎士比亚诞生四百周年纪念——世界各地的文学家几乎全部动员了。远在地球另一端的中国台湾,也因为他的大生日而显得颇有文学气氛。我们几乎可以说，莎士比亚的诞辰简直成了世界性的（至少也是西方的）文学节了。而那些踏时代如登像座，负历史如装镜框的英雄人物呢？那些恺撒呢？那些亚历山大呢？那些拿破仑和威灵顿呢？有谁在庆祝他们的诞辰呢？有谁还记得他们的诞辰呢？

莎士比亚的胡子是不朽的。他的于思长髯已经是英语文学的商标了。看到世界各地纪念莎节的盛况，那些一口咬定"西方唯物质文明论"的中国文化大师，不知将何以解嘲？近在英国殖民地的钱穆先生，便是一个小小的例子。四月一日出版的，第三十三期《人生》半月刊，其中刊载的钱穆先生的《中国文化与中国人》一文，是混淆的思想加上不足的知识的表现。钱穆先生是一只典型的儒家鸵鸟。他站在大英国旗的阴影里，梦想着古中国的光荣。

他只看得见西方的太空人，看不见（或者不承认他看得见）西方也有他们的"圣人"，也有他们的苏格拉底和耶稣。他只看见了西方的机械，却没有看见西方的民主和自由。所以他十分昏聩地说："中国人讲'道'，重在修身，齐家，治国，平天下。修齐治平是人生理想，人生大道，绝不在乎送人上月球——当然也更不是要造几座更大的金字塔。"所以他更昏聩地说："中国传统文化理想，既以个人为核心，又以圣人为核心之核心。"

站在一位文学研究者的立场，我觉得最昏聩的立论，是《中

余光中
1928 — 2017

寂寞是一座玲珑而透明的鸟笼，
因我的心如一只思归的燕子。

国文化与中国人》的第二大段[1]。为了让读者有充分批判的资料,我不得不把这段似通非通的文字收容于后:

> 我此刻,暂把人类文化分作两类型来讲:一是向外的,我称之为外倾性的文化;一是向内的,我称之为内倾性的文化。中国文化较之西方似是偏重在内倾方面。如讲文学,西方人常说,在某一文学作品中创造了某一个性,或说创造了某一人物。但此等人物与个性,只存在于他的小说或戏剧中,并不是在此世界真有这一人与此一个性之存在,而且也并不是他作者之自己。如莎士比亚剧本里创造了多少特殊个性,乃及特殊人物;然此等皆属子虚乌有。至于莎士比亚究竟是怎样的一个人,到现在仍不为人所知。我们可以说,只因有了莎士比亚的戏剧,他才成为一莎士比亚。也是说,他乃以他的文学作品而完成为一文学家。因此说,莎士比亚文学作品之意义价值都即表现在其文学里,亦可说即是表现在外。这犹如有了金字塔,才表现出埃及的古文化来;也犹如有了太空人,才表现出近代人的新文化来。
>
> 但我们中国则不然。中国文学里,有如《水浒》,

---

[1] 该一大段中,除第三小段外,全部照抄。

有宋江、武松、李逵等人物；《红楼梦》有林黛玉、贾宝玉、王凤姐等人物。这些人物全都由作家创造出来，并非世间真有此人。但这些作品实不为中国人所重视，至少不认为是文学中最上乘的作品。在中国所谓文学最上乘作品，不在作品中创造了人物和个性，乃是由作者本人的人格和个性而创造出他的文学作品来。如《离骚》，由屈原所创造，表现在离骚中的人物和个性，便是屈原他自己。陶渊明创造了陶诗，陶诗中所表现的，也是陶渊明自己。杜工部创造了杜诗，杜诗中所表现的，也是杜甫他自己。由此说来，并不是为屈原创造了一部文学，遂成其为屈原。正因为他是屈原，所以才创造出这一部文学来。陶渊明、杜甫也如此。在中国是先有了此作者，而后有此作品的。作品的价值即紧系在作者之本人。中国诗人很多，而屈原、陶渊明、杜甫最受后人崇拜。这不仅是崇拜其作品，尤所崇拜的，则在作家自身的人格和个性。若如莎士比亚生在中国，则犹如施耐庵、曹雪芹，除其文学所表现在外的以外，作者自身更无成就，应亦不为中国人重视，不能和屈原、陶渊明、杜甫相比。这正因中国文学精神是内倾的，要成一文学家，其精神先向内，不向外。中国人常说"文以载道"，这句话的意义，也应从此去阐发。中国文学之最高理想，须此作者本身就是一个"道"，文以载道，即是文以传人，即是作品与作者之合一。这始是中国第一等理想的文学与文学家。

把文学与艺术结合，就是中国的戏剧。西方人演剧，必有时间空间的特殊规定，因而有一番特殊的布景，剧中人亦必有他一套特殊的个性。总言之，表现在这一幕剧中的，则只有在这一时间、这一空间、这一种特殊的条件下，又因有这样一个或几个特殊的人，而始有这样一件特殊的事。此事在此世，则可一而不可二。只碰到这一次，不能碰到第二次。他们编剧的意象结构惨淡经营的都着重在外面。中国戏剧里，便没有时间、空间限制，也没有特殊布景，所要表现的，不是在外面某些特殊条件下之某一人或某几人的特性上。中国戏剧所要表现的，毋宁可说是重在人的共性方面，这又即是中国人所谓之"道"。单独一人之特殊性格特殊行径，可一而不可二者，不就成为道。人有共性，大家如此，所谓易地则皆然者始是道。道是超时空自由独立的。如演苏三起解，近人把来放进电影里演，装上布景，剧中意味也就变了。中国戏台是空荡荡的，台下观众所集中注意的只是台上苏三那一个人。若配上布景，则情味全别。如见苏三一人在路上跑，越逼真，便越走失了中国戏剧所涵的真情味。试问一人在路上跑，那有中国舞台上那种亦歌亦舞的情景？当知中国戏剧用意只要描写出苏三这个人，而苏三也可不必有她特殊的个性，只要表演出一项共性为每个观众所欣赏者即得。

　　深一层言之，中国戏剧也不重在描写人，而只重在描写其人内在之一番心情，这番心情表现在戏剧里的，也可说其即是道。因此中国戏剧里所表现的多是些忠孝节义、可歌可泣的情节。这些人物虽说是小说人物，或戏剧人物；实际上则全是教育人物，都从人类心情之共同要求与人生理想之共同标准里表现出来。这正如中国的诗和散文也都同样注重在人生要求之共同点。中国人画一座山，只是画家心里藏的山；戏剧里演出一人，也只是剧作家理想中的人。西方的文学艺术，注重向外，都要逼真，好教你看了像在什么地方真有这么一个人、一座山。而中国文学艺术中那个人那座山，则由我们的理想要求而有。这其间一向外，一向内，双方不同之处显然可见。所以说中国文化是内倾的，西方文化是外倾的。

　　综合上引钱文的意见，共有两种严重的错误——主观判断的错误和客观叙述的错误。前一项错误属于美学的观念，后一项错误属于文学的知识。关于前者,钱先生的错误在于以为文学是作家修身的副产品,在于以为抒情是文学的唯一表现方式,在于不解"真实"(reality)与"事实"(fact)的区别。关于后者,钱先生的错误在于幻想西方艺术只在记录"特例"(particularity),而中国的艺术功在处理"通性"(generalit)。这一点可以证明,钱先生根本不懂莎士比亚,也昧于西洋文学的史实。

根据钱先生的意见,大诗人之所以受人崇拜,首先是因为他的人格和个性,其次才轮到他的作品。而钱先生理想中的中国文学是"载道"与"传人"的文学。换句话说,伟大的作品应该是"文以人传"的,也就是说,立德即所以立言。这真是十分矛盾的窘境!这种理论的必然结论,应该将《出师表》和《正气歌》的作者,在文学的评价上,置于屈原和杜甫之上。钱先生似乎完全不明白:在艺术的世界,"美的"便是"道德的",而"不美的"便是"不道德的"①。

另外,钱先生以为"有我"(personality)是文学的高级境界,而"无我"(impersonalit)是文学的低级境界。他以为屈原是伟大的,因为他作品中"有我",而曹雪芹和莎士比亚不够伟大,因为他们的作品中"无我"。这是儒家学者的"泛训诲主义"

---

① 此地所谓"美的",是指艺术表现的完美状态,不是指题材的美丽,例如月光、蔷薇、蝴蝶等。

（pandidacticism）的又一例证。此处我必须立刻声明：我所用的"无我"与"有我"，和王国维所用者略有不同。我在这两个字眼中所强调的，是诗人艺术表现的两个方向，两种气质。"有我"偏于抒情性（lyric），而"无我"偏于戏剧性（dramatic）。抒情型的作者处理的是自己，而戏剧型的作者处理的是这世界。戏剧型的作者，也并非绝对无我，只是他的"我"已经间接地泯入客观描述的细节与过程之中而已。以戏剧家为例，萧伯纳和易卜生偏于"有我"，而莎士比亚偏于"无我"。也许这正是莎士比亚比萧伯纳和易卜生更广阔，更自由，更繁富的原因。以诗人为例，丁尼生偏于抒情型，比较"有我"，而勃朗宁偏于戏剧型，比较"无我"。很扫兴的是，我必须指出，中国的古典诗的一大缺点，便在于过分抒情，而欠缺戏剧性，因此古典诗人在史诗和叙事诗方面的成绩，不能和西洋古典诗相比。也就是因此，中国的小说和戏剧——两种比诗较为"无我"的艺术——要等泛抒情的诗逐渐式微时，才开始兴起。如果中国的古典文学不幸地竟然实现了钱先生的理想，则不能直接表现作者人格与"修齐治平"之道的小说和戏剧，将永无发展的可能了。

可是钱先生最严重也是最"小儿科"的错误，在于他把"真实"和"事实"混为一谈。一个学者对于艺术的认识，竟然停留在这最起码的阶段上，实在是可惊的。艺术所要表现的，原是一种普遍的"真实"，或者可以说，"透过殊相而可见的共相"（the universal as shown through the particular）。作品中的人物，在"区公所"的户籍中是找不到的；作品中的事情，在日记、报纸，或历史中也并无记载。可是在读者的经验之中，其人其事，处处可见，时时发生。也就是说，在美感经验的世界，这一切都非常真实，甚至比任何实例都更为真实。汪伦送李白，也许只送那么一次，可是熟读李白此诗的人，每逢类似的场面，必然会把李白的经验再经历一次。这便是美感的经验可以丰富现实的经验的最佳说明。艺术本来不是今日的新闻，或者明日的历史。无中生有，而若真有，才是艺术的胜境。

至于说，莎士比亚的人物"皆属子虚乌有"，只能证明钱先生连起码的常识也没有。莎士比亚的剧本之中，历史剧占了相当可观的比例，即使莎士比亚的处理未尽属实，至少史有其人，人有其事，岂能顺口说什么"子虚乌有"呢？

钱先生对于西洋文学，未免耳食成鼓，太想当然。他以为，不，他猜想西洋的戏剧仅仅是处理日常现象的流水账，枝枝节节、琐琐层层，"此事在此世，则可一而不可二"云云。他完全不知道，以抽象的训诲和典型的共相而论，中世纪西方的"寓意剧"（morality play）远超中国的古典剧。"善""恶""爱""恨"等抽象的拟人角色，正是这种"寓意剧"的特点。以布景而论，十六世纪末简陋的英国剧场绝对不曾比京戏的戏院复杂。就普遍性而言，西方凡属伟大的戏剧，哪一本不是在深深发掘永恒的人性？福尔斯塔夫、夏洛克、罗密欧、哈姆雷特等人物，和苏三一样超越于时空和故事的架子之上，成为万劫犹存的典型。而在莎士比亚的笔下，那些滔滔雄辩，那些喃喃情语，那些清词丽句所创造的意境，比起"苏三离了洪洞县"之类，精致得多了。要举中国古典剧的例子，去和莎士比亚相比，起码，也得向《西厢记》和《桃花扇》一流的杰作中去找吧。

  我无意，也不能，抹杀钱宾四先生的全面成就。可是不谈什么中西文化之异同则已，要谈，就得在相当的程度上"知己知彼"，然后才谈得上综观全局，评点得失。夷夏之分，是一种落伍的意识。东圣西圣，心同理同；不知西圣，何苦强作比较？莎士比亚的虎髯是捋不得的。

从灵视主义出发

上

我们的视觉,是以我感物的主要媒介之一。一个盲目的人,他的感官经验是不够完整的。因此盲目是一个极端痛苦的现象;即使是夜盲、色盲,甚至雪盲,也是让人异常烦恼的事情。弥尔顿在盲目的绝望之中,借以色列大力士参孙的口说道:

> 何以视觉
> 竟局限于如眼眸一般的柔球?
> 如此显著,如此容易被毁灭,
> 而不像触觉般遍布于全身,

得以从每一毛孔自由观看？①

这种视觉，可以称为"身视"。可是，无论是希腊神话中百目怪兽阿格斯（Argus）的"目视"，或是《圣经》故事中力士的"身视"，甚至现代科学的"电视"，它们的对象都局限于外在的自然，而不是内在的本质。所谓视觉，只以此时此地能见的事物为对象。至于记忆，则以异时异地见过的事物为对象。而此时不见，昔时未见的事物，只有凭借想象去把握。想象作用的对象，有的是肉眼可见的，有的是肉眼难见的。属于后者，我们只能用灵眼去观照。这种作用，我称它为"灵视"（psychic sight）。不解灵视，将很难接受现代艺术。

自从十九世纪中叶，摄影术发达以来，临摹自然，记录人像的任务，便从艺术家转向了摄影师。自后期印象主义以降，各种绘画运动，莫不加速度地从临摹走向表现，从外在走向内在，从自然走向自我。从塞尚到今日的抽象主义，即是这种倾向的必然结论。写实主义已经成为历史的名词。瑞士大画家兼理论家保罗·克利，便在他《创作的自白》一文中，直截了当地宣称："艺术并不呈现可见的事物；相反地，艺术使（不可见的）成为

---

① 见弥尔顿最后作品，希腊式的悲剧诗（参孙大力士）（Samson Agonistes）第九十三行至第九十七行。

可见"（Art does not render the visible; rather, it makes visible）。

和其他艺术一样，抽象画亦从自然出发，但目的不在自然。抽象画的空间，不是视觉见的空间，而是"第五度空间"[①]。在艺术创造的过程之中，恒有三个相互作用的因素——我，物，道。我要透过物去把握道。道要透过物才能展示给我。而物就是我与道交感的媒介。如果一件艺术品仅仅是物的临摹，则物将阻塞了我，而且障蔽了道，成为纯然的写实主义了。如果一件艺术品中，只见道而不见我，那种艺术品便不再是艺术，而是科学，或者玄学了。艺术所要表现的，既是感性的（sensuous），也是理性的（intellectual）。一件成功的艺术品，往往借物以见我，同时也借物以见道，事实上也是因我证道，因道证我。我的深厚和道的深厚，成正比。艺术是感官经验的产物，而感官经验只能存在于我与物之间。同时艺术又是理智活动的产物，而理智活动

[①] 第五度空间（fifth dimension），自撰之词，指抽象概念的空间。按普通物理空间来讲为三度空间。相对论的物理空间，加上第四度空间（时间），乃成四度空间。然而某些抽象概念，譬如"美""道""悲""乐"，不是物质，当然不存在于三度空间之中。同时它们又是不变的，当然不受第四度空间（时间）的影响。抽象画所要表现的，不是物质世界的现象，而是精神世界的本质，因此它的对象是第五度空间。此说也许会被科学家或哲学家所哂，可是在抽象主义的美学观念之中，可能是一个很方便的术语。

西方的古典画，要用二度空间的平面，表现三度空间的立体。到了印象主义，画家们（尤其是莫奈）刻意把握瞬间视觉，以及光对物体的作用，可以说已经注意到第四度空间。到了毕加索的"复象时期"和未来主义，画家们进一步要表现时间的延续。这已经超过了平面艺术的限度。事实上，要表现时间，电影当然比较理想，因为除了视觉暂留的作用以外，声音也是属于时间的。即使是电影，要艺术地表现时间，也要扬弃绝对时间，而采取心理时间。

是我追求道的过程。物，道，我，是艺术创造不可或缺的三个要素。

所谓我，就是艺术家的自我，而物，就是物质的世界，也就是自然。至于所谓道，不同的哲学系统或宗教系统有不同的名称。在东方，老子谓之"道"，周易谓之"太极"，佛家谓之"不二法门"。在西方，毕达哥拉斯谓之"数"，柏拉图谓之"概念"，斯宾诺沙谓之"造物"。斯宾诺沙把本质（substance）分为"造物"（natura naturans）与"物"（natura naturata）。其中"造物"，很像老子所谓的"道"。《道德经》第二十五章说：

有物混成，先天地生，寂兮寥兮，独立不改，周行而不殆，可以为天下母。吾不知其名，字之曰道。

艺术要以有限追求无限，要以有追无，以我追道。道原是无状之状，无物之象，可是在不同的艺术家心中，呈亿万状。所以我们平常所说的，艺术要表现个性，事实上是因果颠倒的。表现个性只是艺术的果，追求道才是艺术的因：艺术家的个性是在艺术家追求道的过程之中，自然而然流露出来的。

道是一，是太极，是不二法门，至大无外，至小无内，且夷，且希，且微。《道德经》第二十一章说："道之为物，惟恍惟惚。惚兮恍兮，其中有象。恍兮惚兮，其中有物。"抽象主义要追求要表现的，正是其象其物。但其象非一定之象，其物非一定之物，也就是说，在具象画的世界里，不是习见的。可是抽象虽然不是具象，也不是无象；它不具外在的物象，但是仍有形象。这形象，表现在画布上，正是万象之源，因为它使用的是一切物象的基本因素——线条，形状，色彩，光影等。我们可以说，抽象主义要用最纯粹的物来表现最丰富的道。抽象画摒除了（至少融化了）外在的物象，可以使创作者和欣赏者专注于直觉的活动，而不致分心抄认知的活动。"妄念不生为禅"，可以用来解释艺术，尤其是抽象艺术的全神贯注。

一般的观众，敏于（或仅仅习于）目视，而拙于（或纯然盲于）灵视。需要敏锐的灵视能力的抽象画，使他们日常生活中目视的能力，显得没有意义，因此他们怫然不悦了。他们诉苦说："在现实生活之中，没有这种形象。"可是却忘了，在现实生活之中，也没有（像作曲家乐谱中的）那种声音。淙淙的飞瀑，啾啾的鸣禽，海涛澎湃，林叶萧骚之声，在奏鸣曲或赋格之中，也是听不到的。听抽象的音乐而感到美，和看抽象的绘画而感到美，在本质上是一件事。然则何以我们接受前者而排拒后者呢？爱默森所说："美便是它自己存在的理由"（Beauty is its own excuse for being）可以应用在抽象画上。

事实上，照相机的镜头看见的一切，往往也不是我们所习于接受的。把一个物象缩小或放大了看，往往呈现抽象的意趣。天文望远镜中的星象,显微镜中的微生物和木石金铁的纹理,都不是我们的肉眼所习见的。

所谓"灵视主义",译成英文,应该是 clairvoyancism。根据《韦氏大字典》的解释,英文及法文中的 clairvoyance 一字,意为"对于感官经验以外仍有客观存在之事物之认知活动或能力"(the act or the power of discerning objects not present to the senses but regarded as having objective reality)。在同一字典之中,这个字的另一解是:"对于通常感觉所不及的事物之感受力"(ability to perceive things out of the range of ordinary perception)。具有这种能力的人,便叫作 clairvoyant。这个字来自法文。在法文之中,clair 意为"明晰",voyant 意为"视"。我们把抽象画创作的活动,称为"灵视",因为这正是我借内在的观照去认识道的活动。灵是静的,是我与道融合无间的境界。视是动的,是我与物接触的过程。这种作用,属于哲学的二元论。

中国的哲学,建基于阴阳二元。《易经》说:"一阴一阳谓之道。"老子的哲学,整个是二元论的,且以修辞学中的"似反实正说"(paradox)的句法表现出来。有与无,益与损,生与死,都只是道的形态而已。《道德经》第四十二章说:"万物负阴而抱阳。"五月画会的画家们,近年来在作品的构图上,皆表现出日渐明显的共同趋势。那就是,在画面上,画黑而留白。这在灵视的境界,可以释为守有限而游无限,执有临无。《道德经》第二十八章更切合我们的题旨了:"知其白,守其黑,为天下式。常德不忒,复归于无极。"五月画会的画家们,秉承了中国传统的气质,于创作时与传统的玄学冥冥中不谋而合。他们深谙"重为轻根,静为噪君"之道,以不画为画,以无为为有为,而达到了"笔所未到气已吞"的中国古典艺术精神。

下

西方的现代艺术似乎没能注意到这一点。西方绘画之中,虽然也有"正空间"(positive space)之说,可是画面上的留空往往是无机的,并不反作用于"负空间"之上,更无混茫不尽之感。巴洛克、杜贝的画面,往往充塞而无余地。即使是克莱因、苏拉日、哈同等的画面上,那些被沉重而急骤的黑线、黑条、黑块所割裂的空白,不能够表现出完整的无限感,也没有和"负空间"相对默契,或欣然呼应的情趣。举个例子,克莱因的抽象表现是"有为"的,刘国松的抽象表现是"无为"的。克莱因的是外发的,冯钟睿的是内敛的。拿作品来比较,可以一目了然。

五月画会的画家们,扬弃了中国绘画中写实的部分,形而上地把握住中国绘画传统的本质。他们渐渐趋向黑色(至少也是近乎黑色的单色）的构图，而且在画黑的时候同时画白。这正是中国绘画的传统。雷诺阿（Pierre Aususte Renoir）曾说："黑乃众色之后"（Black is the queen of colors）。这一点，中国的大师们了解得最深。米芾、石涛、八大、齐璜的水墨，在传统绘画之中，皆能达到至精至简的抽象境界。马蒂斯的水墨戏笔，我认为，甚至比他的彩绘，更为耐人玩索。如果黑乃众色之后，则可以说白乃万象之母，因为黑仍然是有，而白纯然是无。能把握最原始的有，且玩索最纯然的无，应该是中国画的极致。

基于上面的认识，我们对于西洋现代绘画可以稍作批判。要再认识传统并且光大传统，充分的西化是必要的条件。但也只是条件而已，并非目的。我们的目的，仍在继往开来。西洋画，和东洋画一样，是一个不幸的名词。它会使人把手段误为目的。模仿自然，将无以见道。模仿大师，将无以见我。中国的画家们，必须跳出印象派、野兽派、立体派等的泥沼了。

一方面，就抽象主义而言，我们觉得蒙德里安（Piet Mondrian）失之于过分的理性，过分的古典。从蒙德里安出发或与他平行发展的纯净主义（purism）、构成主义（con-structivism）、终极主义（suprematism）、空间主义（spatialism）等，亦有此病。这种表现倾向于工艺和图案，较少有性灵自由活动的空间。但是，康丁斯基（Wassily Kandinsky）又失之于过分的浪漫，过分的纷繁。倾向于动的世界之中表现的未来主义（futurism）、旋涡主义（vorticism）和光谱主义（orphism）等，亦有此病。

我们觉得，古典的自约、含蓄和均衡，应该是性灵的流露，而非机械的规范。虽然柏拉图以为："天行几何之道"（God always geometrizes），但艺术是兼具理性与感性的。艺术既不是纯净主义者误解的几何学，也不是未来主义者误解的动力学。几何的抽象主义（geometric abstractionism）之中，很少产生大画家。奥尚方（Ozenfant）、勒·柯布西耶（Le Corbusier）、马勒维奇（Malevitch）等的所谓作品，都太理性了，其结果只是现代建筑的设计，而非绘画。像马勒维奇的名作"白背景上的白方形"，虽已到了抽象的极端，却否定了画家的个性。把这些绘画中的几何学家的构图，拿来和克利、米罗、阿尔普等的作品比较，立刻可以看出，前者是静止的，无机的，而后者是生动的，有机的。从塞尚的"圆柱、圆锥、圆球"到毕加索的立体主义，从立体主义到几何的抽象主义，是西方现代画的形式主义的必然结论。

另一方面，我们不满意野兽主义以后的过度缤纷的色彩与形象。我想把未来主义叫作"机械的浪漫主义"。传统的浪漫主义是田园的，农业的，而"机械的浪漫主义"是都市的，工业的。我觉得，未来主义对于战争和毁灭的崇拜是可耻的。早在墨索里尼广播法西斯主义之前，未来主义的理论家，诗人马瑞奈蒂（Filippo Tommaso Marinetti）就这样发表了他的"未来主

义者宣言"①:

> 我们要荣耀战争,能赋予这世界以健康的唯一的东西,还要荣耀穷兵黩武,爱国主义……烧掉图书馆!淹掉博物院——任名画随波而去!我们将挑战掷向星空!

后来,很自然地,马瑞奈蒂加入了法西斯党,正如神经错乱的美国诗人庞德一样②。在表现方式上,未来主义脱胎于立体主义,可是它不满于立体主义的静止世界,要将立体主义导向一个动力的世界。未来主义的画家,为了要表现运动的延续和速度,不惜心劳日拙地和电影竞争。他们要画十臂的下楼裸女,百足的狗,千轮的火车。以有涯的二度空间,逐无涯的四度空间,殆已!

　　立体主义上承塞尚,下启西方一切现代画派。甚至激烈反对立体主义之偏重理性的画派,如超现实主义,在形式上也很受立体主义的影响。几何的抽象主义可以视为静化的立体主义,未来

---

① Futurist Manifesto,一九〇九年二月二十二日发表于巴黎的《费加罗报》(*Le Figaro*)。其时墨索里尼才二十六岁,犹默默无闻。
② 第二次世界大战时,庞德客居意大利,竟热烈支持法西斯。自一九四一年起,他开始在意大利的电台上攻击美国政府和罗斯福,成为公开的叛国罪人。一九四五年五月,庞德被捕,且以叛国罪起诉。引渡到华盛顿后,四位精神病医师证明该诗人精神失常,庞德始免审判。一九四六年二月十四日,一度讯问之后,遂将庞德以疯人身份送进圣伊丽莎白医院。一九五八年他才获释,旋即返回意大利。

主义可以视为动化的立体主义。立体主义的本质是古典的、理性的、静观的、秩序的。在第一次世界大战的幻灭和虚无之中，画家们对这种画风掀起了反动。反理性、反道德、反社会、反美学的结果，是绝对虚无的达达主义。达达主义的结果，是梦的世界，是潜意识自动联想的世界，是超现实主义。在内涵上，这是一个完全绝缘的私人经验的世界，理性被压抑至最低的限度，本能被放纵至最高的限度，而艺术家的孤立，也达到最尖锐的程度。这是一种"有组织的混乱"（organized chaos）。在表现手法上，是非常矛盾的，超现实主义的画家虽然自诩绝对自由的联想，却处心积虑刻意求工地希冀"震骇"（shock）观众。在意大利玄学派大师德·克伊利科（Giorgio de Chirico）的影响之下，他们对于立体主义的第一个反动，便是恢复传统的透视，打破立体主义的平面构图和沉闷的单色。在形式的效果上，个别的物体，局部的画面，往往透过传统的透视和明暗烘托，而呈现栩栩如生的现实感。但是合而观之，整个画面却是梦幻的，迷离的。超现实主义就建立在这种矛盾之上。看腻了，我们只觉得这些画争奇竞巧，大事铺张，万花筒式的装腔作势，捉迷藏式的东现西隐，只能暂时刺激神经，不能持久移化灵魂。及其末流，像达利的某些作品，就陷入"卖弄至上"（exhibitionism）了。拆穿了，好像这一切不过是一场高级的魔术。

超现实主义的胜境，在正宗的超现实派的画家之中所表现的，反而往往不如非正宗的但具有超现实倾向的画家，如克利和米罗，毕加索和夏戈。当时间之尘落定，时尚之雾散开，主义之落红满地，只有几位大师会屹立不倒。越伟大的画家越难归类，狭窄的画家则恰恰相反。毕加索、克利、马蒂斯，能将他们轻易地归入任何一个画派吗？主义、派别，都是不幸的名称，戴在小画家的头上，俨然也是一顶光荣的高帽子，戴在大画家的头上，就嫌小而不合身了。

然则"灵视主义"也只是一顶帽子罢了，嫌大或嫌小，要看五月诸画家今后的体魄始能决定。上述西方现代画的三股潮流，或多或少，或正或反，是西方的艺术家对现代工业文明所做的美感上的自我调整。纯粹主义的一股，是被动地接受工业文明。未来主义的一股，是主动地追求工业文明。超现实主义的一股，是紧张地逃避工业文明。"灵视主义"是巡礼过西方现代画后回到东方古典传统，企图在本质上继承这传统的一种精神。它是超工业文明而存在的，对于工业文明，无所谓趋附，无所谓逃避。它是在几何的抽象主义和抽象的表现主义之外的一种抽象手法和精神。在手法上，我们是二元论的。在精神上，我们是古典的。在一切的纷扰之后，古典的坚定和静观是何等可靠！这种古典，不是力的取消，而是力的内敛，不是生命的松弛，而是生命的凝聚。如渊之渟，如岳之峙，我们向外观察，更向内观照，作超越的想象，更看重沉潜的思索。我们理想的作品，是永恒的结晶，不是瞬间的爆发，是秩序的建筑，不是混乱的追逐。

所谓"抽象画在西方走下坡"的种种谣言，我们是不屑一听的。艺术的表现方式，抽象或非抽象，皆取决于艺术家的信念，原是内在需要的结果①。它不是巴黎的香水，纽约的发型。我们诚恳地而且成功地使用它，它便永远为我们所有。我们堂堂地生活在此地，此地便是中国，便是东方，便是全世界。

---

① 见东海大学《建筑》双月刊第十一期所刊胡奇中的《我与画》。本文立论之前，我曾参阅该双月刊第六期至第十一期连载的五月画会诸画家自白性的文章。依次为庄喆的《抽象与自然》，刘国松的《书与自然》，彭万墀的《神圣的潜移》，韩湘宁的《心会神融》，冯钟睿的《喷泉》，胡奇中的《我与画》。

无鞍骑士颂

——五月美展短评

抽象画和现代诗，是两匹无鞍的千里驹，善骑者可以在文化沙漠上驰骋自如，疾似御风，不善骑者必定在狂嘶声中滚落尘埃。滚落尘埃的，是伪抽象画家和伪现代诗人。

无鞍、无蹬，甚至无屐，这匹神驹似乎人人可骑，但是如果不精骑术，不谙马性，很快就会被摔下马来。抽象画不是随便让人画了好玩的。具象画外师自然，虽然也可笔补造化，毕竟有路可走，有轨可循。像米芾、八大那样，借至小的外在之象，抒至大的内在之灵，已经是到了"一苇渡江，一叶过海"的境界。抽象画不师自然，至少不直接效法自然。它要消化自然，泯造化于性灵，泯物于我。那就要看这个"我"的品质是否精纯，容量是否博大，艺术是否圆熟了。对于一位艺术家，最大的挑战，不是透视，不是明暗对照，不是解剖学或色彩学，也不是小斧劈或大斧劈，而是那张白纸！抽象画家面对那片白茫茫的虚空，一无依凭，除了自己诚实的灵魂。如果那是充实饱满的，必然会流露在纸上；如果那是贫乏可怜的，那片空白就变成一面"照妖镜"，使它无所遁形。谁要是以为抽象画是隐蔽赌徒的蒙特卡罗，那他就大错特错了。

欣赏西方的现代画，至今已有十年了。从莫奈到梵高，从梵高到马蒂斯，从马蒂斯到克利到米罗到巴洛克，自从回来以后，我必须承认，对西方现代画，我的兴趣日益减低。近一两年来，看到德·库宁的丑恶如食尸鬼的女人，未来主义的千轮百足，德罗内的断虹落霞，雷诺阿的机械零件，达利的杯弓蛇影，巴洛克的渔网构图，等等，都令我不乐。我总觉得，这些画都太作假、太烦琐、太过火了。

五月画会的画家们似乎分享了我的感觉。去年的五月画展中，无论是作品本身，或是画家发表的主张，都说明了我们的青年画家们已经突破了西方的几何八阵图，爬出了复色的颜料罐，已经超越了西方的繁杂、喧嚣与混乱，而进入一种以静驭动，以简驭繁，以我驭物，以流露代替表现的稳定的境界。这种稳定，是力的平衡，不是力的松弛。这种力，是向心力，不是离心力。表现在画面上的，是单色的朴实，不是复色的缤纷，是线条的律动，不是线条的喷射。在单色之中，五月画家们用的是黑色。黑为众色之王，最朴实、最庄严、最耐看。然而五月的画家们不但画黑，而且画白；画面上留下豪爽慷慨而开朗的大幅空白，所以画黑即所以画白，亦即"以不画为画"。中国的艺术要做到"笔所未到气已吞"；像西方画家那样，将整个画面填满色彩，反令人觉得费笔而无余味。

一九六三年，这种觉醒引导五月的画家们更向前推进了一步。除了极少数的例外，上述的风格仍是五月同仁的主潮。庄喆的作品显示出他去年风格的自然发展。去年的他，比较飘逸而潇洒，非常抒情，一九六三年则比较凝重而沉着，力的运动集中而含蓄，有一种完整而庞大的气象。冯钟睿的风格比去年轻快些，爽朗些；以前他的构图以体积为主，现在他尝试用线条了，以前他的色调暗，现在他尝试较亮的色调。展出四幅之中，以《八癸卯十九》最好，黄绿的背景上，黑线挺拔而富节奏。刘国松维持了他一贯苍劲有力的盘旋构图，画面富于律动，空白留得很耐看。比起去年，他的作品更浑然而成熟，《五月的意象》那一幅最自然。只是某些地方，泼墨大手笔之中，微有工笔刻意经营之感。韩湘宁的风格变了。他放弃了古钟鼎器皿那种苍茫斑驳的纹理趣味和一些妩媚的装饰，改为追求黑白对照的效果。线与块的黑色交叠以《升沉》一幅最成功，《守黑》的中间一小块色调嫌浮。白上画白，似乎不太突出。以上四人，是这次展览中绘画部分的主潮。

彭万墀犹在西化的过程。他不用黑，不留白，仍维持以往构图风格，以体积与纹理为务。他已经超越了挖洞、熏烟与盖网等技巧。《陷》最好，《钝之利》嫌平，《烙》色调嫌浮。胡奇中仍保留以往妩媚的风格，在漂亮的浅色上作抒情的线条。《六三〇三》与《六三二〇》两幅最好，《六三一九》嫌浮。他的画雅俗共赏，能解除观众偏见的武装，但不妨再重些、素些、纯些。张隆延的书法入黄出黄，本是名家，和抽象画并列，当收互相发明之功。杨英风的雕塑成绩可观。《伸长》深受西方现代雕塑影响，《气压与引力》不太有力，且类盆景。还是《曲直》最好；挂在壁上，有书法之趣，富黏着力。《莲》也回旋可爱。

综合来看，一九六三年的五月美展是进步的，书法和雕塑更增加了作品的多般内容。可惜的一点，是展览的场地不如去年。最后，让我讲一个小故事，算是对诉苦"不懂"抽象画的观众的一个答复。一次，我带了一群大学生去看抽象画展。一个学生又诉苦不懂。我指着两幅相邻的作品问她："你看是左边的一幅比较沉重呢，还是右边的一幅？"她说："左边的'当然'沉重些，右边的比较飘逸。""好了，"我立刻抓住她，"如果你完全'不懂'，怎么会立刻指出两幅的不同呢？如果我读一首希腊诗和一首拉丁诗给你听，然后问你哪一首比较悲哀，你说不出，那是真的'不懂'。关于眼前这两幅抽象画，事实上你是有点懂了，此后，你会越来越懂的，对不对？"

伟大的前夕

——记第八届五月画展

三闾大夫会见彭咸的前一日,现代画的"无鞍骑士"们在台北市博物馆,展现了他们灵视生活的境界,使我们在这伟大的前夕窥见了另一个伟大的前夕——中国现代艺术的伟大的前夕。近七八年来,现代画,现代诗,现代小说的成长,已经引导中国的文艺走向一个崭新的时代。现代诗朗诵会,现代小说朗诵会,五月画展,这一切都使我们意识到,自己正面临一个史无前例的大转变。这一点,争夺"桂冠"的诗翁诗叟们不曾明白,传衣授钵的画师画徒们不曾明白,为女演员加冕的教授名流们更不曾明白,但是下半个世纪的中国文化史将斩钉截铁地予以肯定。

年轻的一代,在无比困苦的环境中,认识了时代,认识了自己,更认识了历史的残滓残渣。他们远征西方的勇气,加起来不曾弱于西征的玄奘，而他们重归中国的信心，且胜过尤利西斯。抽象画，中国艺坛的这匹黑马，正是他们长途探险的战利品。但是这匹桀骜不驯，四蹄生风的神骏，唯"无鞍骑士"始能驾驭。而驰骋自如的新骑术，无师传授，只能凭自己的经验和直觉去把握并且运用。因此抽象画是现代艺术之中最玄妙也是最冒险的一种形式。近日在报端，常有下士之流，或幸灾乐祸地，或如释重负地，报道一些"抽象画在西方走下坡"的消息。言下自然意味着，"既然美国已经不时兴了，我们的行情岂能看涨？"这种"艺术殖民地"的思想，可以反映典型的所谓"西画家"的意识形态。可是在美国，继抽象画而兴起的所谓"普普艺术"，庸俗而且刻板，既乏内在的灵视，又无外在的技巧，简直沦为自欺欺人的"国王的新衣"了。

　　未来的新绘画，可能产生对抽象画反动的某种形态的具象风格，可是那种风格，必然是受过抽象洗礼的新具象，不可能回到原封不动的自然主义如库尔贝所表现的了。这情形，正如受过现代诗洗礼的新古典主义，也不可能回到绝对工整的七律或者商籁一样。然则"无鞍骑士"们还要考虑什么呢？尽量朝"所向无空阔，真堪托死生"的灵域驰骋吧。

　　第八届的五月画展，是本年度艺坛的一件大事，不但因为他们在创作上的成就，亦且因为他们在创作上表现的成熟中的思想。在本质上，五月画会的"无鞍骑士"们既非国画家，亦非西画家，更非东洋画家。他们接受了充分的西方艺术，同时更认识了中国艺术的真正精神。在这种条件下去创造，他们遂成为中国的现代画家。

以韩湘宁为例。无论在精神上，技巧上，甚至工具上，他的作品都渐渐回到了东方。表面上，他的作品来自西方的抽象画，但是本质上，他是最富于东方玄学的静观与冥想的。在他的作品中，游移的玄学和确定的数学奇妙地结合为一体。说他的作品源于禅，或源于道，固然可以；但他的作品，尤其是本届展出的，似乎尤近于《易经》。例如，作品《二五—三五》号，五星斜列，大块徐旋，甚具混沌初开、两仪欲绽之气象。称之为《太极图》，谁云不然？《二五—三一》《二五—三三》《二五—二二》《二四—二四》《二四—一五》等图，在构图的位置和比例上，都很耐人玩味，设想高妙，玄想性很足。我的感想是：用中国画纸和立轴的工具，来表现这种风格，先天上受了限制，力量似不够坚强，如《二五—二四》一幅便是放弃了早期有浮雕感的古金衬黑纹路，目前的浅青似乎配不上应该是沉实的黑，因而显得"平"且"薄"了一些。我们热望这位最富玄想气质的画家，想得更沉潜也更磅礴一些。这样，对于现代诗也将有所启示。

冯钟睿的风格比去年开朗而且浑成。在五月画会黑白对照的整体趋向之中，他的用色稍稍异于同伴。庄喆几乎纯用黑，刘国松的暗黛灰赭亦附丽于黑，韩相宁甚至用灰亦不慷慨了。冯钟睿目前的兴趣几乎在发掘黑与众色间调和的效果，而仍以黑为君，以白为臣。如果说，庄喆的生命是勃发式的，刘国松的是流动式的，韩湘宁的是凝定式的，则冯钟睿的生命是喷洒式的。在《建筑》双月刊第十期上，冯钟睿便甚具自知地以《喷泉》为题写了一篇自剖性的文字。他说自己"必为喷泉，不休歇地将自我洒射"。诸作之中，我仍比较喜欢那些色调沉潜与黑相近的表现。我认为《甲辰十七》《甲辰十六》和《癸卯三八》几帧最为深刻。《甲辰〇六》对照明丽艳人。

华美缠绵，而近乎艳丽纤细，是风格一向特殊的胡奇中。他的画面恒以极抒情的亮浅色调为底，覆以虬结如葡萄丛的浓得化不开的万紫千红，复以柔线袅袅串成。在音乐的联想中，我们听到的是小提琴之弦贯引着娇吤的管乐队。又如卧聆一则甜甜的天真的童话。然而"五色令人目盲，五音令人耳聋"，返璞归真，为绘事第一要义。此次展出诸作，似仍以色调单纯谐和者为贵，例如《六四二一》一幅便是如此。胡奇中华美的抽象画，和飘逸而朦胧如雷诺阿笔下的女孩子们，已经迷住了广大观众，且引他们步抽象的石阶而上。这是他功不可没之处。今后的贡献，似应朝争取批评家的方向努力了吧。

避轻就重，运斧生风，向生命的石矿中劈取自我的，是五月的骁将庄喆。如果胡奇中是繁管柔弦，则庄喆是敲打乐器，是低音大提琴。胡奇中的线条是装饰性的，庄喆的则是机能性的。庄喆的粗犷笔触，野蛮而且蓬勃，气贯力透，有如一盘强劲的弹簧。进行的节奏是敲击式的（percussive），连锁式的（interlocking）。在用色上，他已进入纯然的黑白对照，偶有暗黄的效果，也只是在布上贴纸运用立体主义的collages（拼贴艺术）时的副产品。敏锐的观众，当会欣赏他的灰色之中表现的美。事实上，他和刘国松都是最善表现灰色的沉潜之美的。黑色深刻，但无法表现纹路和质料感，唯灰色的朦胧中恍惚得之。最可惜的是，那些collages的糙纸，虽然丰富了质料感的多样性，并恰如其分地展示了岩石的颜面，但是在保藏上似有问题。诸作之中，我最佩服《永恒之山》的坚定与庞伟，《石与烟》的刚柔对照，和《远视》的快速律动感。现代诗人们拥抱庄喆，不是没有原因的。

庄喆和刘国松形成奇妙的对比。用中国玄学的术语来比较，庄倾向阳，刘倾向阴。用五行之说来解释，庄表现金（石），刘表现水。庄饶气势，刘富神韵。我说刘国松的生命是流动的，因为它周行不殆，生生不息，无始无终，无涯无际。画面是有限的，可是予人的感觉是无限的，因为那是水的感觉，云的感觉，风的感觉，有限对无限的向往，刹那对永恒的追求。画黑留白，不画如画，黑固甚美，白尤多姿，黑呼白应，如魄附身，充分把握住了东方玄学的机运和二元性。这种手法，和我在《莲的联想》中运用的相克相生的二元连锁句法完全同工。近两三年来，刘国松努力追求的这种风格，至此已经成熟。在构图的变化上，他已臻于千汇万状无所不宜的境地，淡淡附着的暗色，矫若游龙的黑色，波诡云谲的灰色，纵横成趣的白色，构成画面整体的美感，而令人进入无我的浑茫。《一河两岸》的布局，以平面为立体，手法非常突出，题目也能点睛。《幽谷烟云》中央的苍黄氤氲；《寒山云霁》的白辉交映；《醉雨》的淋漓、空蒙与奇幻；《泉韵》的回旋余意；《岭上白云》的上实下虚等等，都是蜕变中国传统的杰作。

刘国松和庄喆的作品，因题目的具象，而增加了想象的凭借。胡奇中、冯钟睿、韩湘宁的作品，连标题也是纯抽象的数字，颇为不利。抽象画的具象标题，与内涵固无必然的关系，但在习惯上似较易为观众所接受。

张十之先生的书法，挺秀黄山谷，自在米元章，为抽象画的笔法作有力的注脚。会场的气氛是融和的，观众的情绪是愉悦的。冷嘲热讽之声，在这种场合已经显得曲低和寡了。当许多欠缺想象的人士连对"印象派"和"抽象派"的区别都茫然时，抽象画，遥接中国传统近撷西方成果的抽象画，已经走到了伟大的前夕，在诗人节的伟大的前夕。在艺术之中，新的形式必然代表了新的思想和情操。现代诗和现代画正象征着这一代青年思想上的蜕变。屈灵均说："纷吾既有此内美兮，又重之以修能。"秀外慧中的诗人和画家们，这不是最现代的美学吗？

不朽的 P

　　精神的力量，是世界上最柔弱，同时也是最坚强的力量。在现实政治的天平上，艺术的重量几乎等于零。"冠盖满京华，斯人独憔悴"，除了少数例外，一切艺术家莫不如此。可是天下之至柔，可以驰骋天下之至刚。秦始皇的劫火，烧不掉屈原的胡子；安禄山的兵燹，也烧不掉杜甫那间破草堂。同样地，纳粹的重吨战车也辗不死康丁斯基和贝克曼。权力，像一块新鲜的牛肉一样，很快就会腐烂。只有艺术，像永不停电的冰箱，能保持灵魂的冷静和清醒。

　　政治的开明与否，执政者对于文化的态度，是一块屡试不爽的试金石。一九六三年十月二十六日，美国总统肯尼迪在安默斯特学院发表的一篇演说，便是这种态度最可贵最动人的实例。文艺的自由，是思想自由的最好说明。

　　流行的看法，总以为美国是物质文明，而非精神文明，这是非常错误的。肯尼迪的这篇演说，充分说明了，美国之所以能成为泱泱大国，并不仅仅因为她能上太空入深海，并不仅仅因为她拥有核子武器或能够生产可口可乐，而是因为她具有"文化的防腐剂"——自由。一切权力莫不腐化，唯接受批评的权力是例外。"丑陋的美国人"因自由而得救。

　　因为自由，"白宫"乃成为艺术之宫。海明威、福克纳、弗罗斯特，在这座艺术之宫中受到尊重。福克纳对于白宫的邀请，曾经表演一手"天子呼来不上船"的姿态，白宫不但一笑置之，甚至在他死后，立刻发表一篇颂词。这在克里姆林宫中，是不可思议的事。肯尼迪对于弗罗斯特的敬仰和推崇，具有文化史上的重大意义。在肯尼迪和弗罗斯特合照的相片中，他们并肩而立，顶同样的天，立同样的地，花岗石的人格面对花岗石的人格。我们觉得，两人都是 VIP，诗人的 P（poet）等于总统的 P（president），两种 P 都是不腐化的 P（power），不朽的 P。

鬼 雨

一

"请问余光中先生在家吗？噢，您就是余先生吗？这里是台大医院小儿科病房。我告诉你噢，你的小宝宝不大好啊，医生说他的情形很危险……什么？您知道了？您知道了就行了。"

"喂，余先生吗？我跟你说噢，那个小孩子不行了，希望你马上来医院一趟……身上已经出现黑斑，医生说实在是很危险了……再不来，恐怕就……"

"这里是小儿科病房，我是小儿科黄大夫……是的，你的孩子已经……时间是十二点半，我们曾经努力急救，可是……那是脑溢血，没有办法。昨夜我们打了土霉素，今天你父亲守在这里……什么？你就来办理手续？好极了，再见。"

二

今天我们要读莎士比亚的一首挽歌 *Fear No More*（全名为《*Fear No More the Heat o' the Sun*》）。翻开诗选，第五十三页。这是从莎士比亚晚年的作品 *Cymbeline* 里面摘出来的一首挽歌。你们读过 *Cymbeline* 吗？据说丁尼生临终之前读的一卷书，就是 *Cymbeline*。这首诗咏叹的是生的烦恼，和死的恬静，生的无常，和死的确定。它咏叹的是死的无所不在，无所不容（死就在你的肘边）。前面三段是沉思的，它们泛论死亡的 omnipresence（无所不在）和 omnipotence（无限威力），最后一段直接对死者而言，像是念咒，有点"孤魂野鬼，不得相犯，呜呼哀哉尚飨！"的味道。读到这里，要朗声而吟，像道士诵经超度亡魂那样。现在，听我读：

> No exorciser harm thee!
> Nor no witchcraft charm thee!
> Ghost unlaid forbear thee!
> Nothing ill come near thee!

"你们要是夜行怕鬼,不妨把莎老头子这段诗念出来壮壮胆。这没有什么好笑的。再过三十年,也许你们会比较欣赏这首诗。现在我们再从头看起。第一段说,你死了,你再也不用怕太阳的毒焰,也不用畏惧冬日的严寒了(那孩子的痛苦已经结束)。哪怕你是金童玉女,是 Anthony Perkins(安东尼·博金斯)或者 Sandra Dee(桑德拉·狄),到时候也不免像烟囱扫帚一样,去拥抱泥土。噢,这实在没有什么好笑。不到半个世纪,这间教室里的人都将变成一堆白骨,一把青丝,一片碧森森的磷光(那孩子三天,仅仅是三天啊,就停止了呼吸)。对不起,也许我不应该说得这么可怕,不过,事实就是如此(我刚从雄辩的太平间回来)。青春从你们的指隙潺潺地流去,那么昂贵,那么甜美的青春(停尸间的石脸上开不出那种植物),青春不是常春藤,让你像戴指环一样戴在手上。等你们老些,也许你们会握得紧些,但那时你们只抓到一些痛风症和糖尿病,一些变酸了的记忆。即使把满头的白发编成渔网,也网不住什么东西……"

"一来这里,我们就打结,打一个又一个的结,可是打了又解,解了再打,直到死亡的边缘。在胎里,我们就和母亲打一个死结。但是护士的剪刀在前,死亡的剪刀在后(那孩子的脐带已经解缆,永远再看不到母亲)。然后我们又忙着编织情网,然后发现神话中的人鱼只是神话,爱情是水,再密的网也网不住一滴湛蓝……"

鬼雨

"这世界,许多灵魂忙着来,许多灵魂忙着去。来的原来都没有名字,去的,也不一定能留下名字。能留下一个名字已经不容易,留下一个形容词,像 Shakespearean(莎士比亚),更难。我来。我见。我征服。然后死亡征服了我(那孩子,那尚未睁眼的孩子,什么也没有看见)。这一阵,死亡的气氛很浓。Pauline 请你把窗子关上。好冷的风!这似乎是它的丰年。一位现代诗人(他去的地方无所谓古今)。一位末代的孤臣(春草年年绿,王孙归不归)。一位考古学家(不久他就成考古的对象了)。"

"莎士比亚最怕死。一百五十多首十四行诗,没有一首不提到死,没有一首不是在自我安慰。毕竟,他的蓝墨水冲淡了死亡的黑色。可是他仍然怕死,怕到要写诗来诅咒侵犯他骸骨的人们。千古艰难唯一死,满口永恒的人,最怕死。凡大天才,没有不怕死的。越是天才,便活得越热烈,也越怕丧失它。在死亡的黑影里思想着死亡,莎士比亚如此。李贺如此。济慈和狄伦·托马斯亦如此。啊,我又打岔了……Any questions(有什么问题吗)?怎么已经打下课铃了? Sea nymphs hourly ring his knell(海的女神时时摇起他的丧钟)……(怎么已经打下课铃了?)"

"再见,江玲,再见,Carmen,再见,Pearl(Those are pearls that were his eyes)。这雨怎么下个不停?谢谢你的伞,我有雨衣。Sea nymphs hourly ring his knell,他的丧钟(他的丧钟。他的小棺材。他的小手。握得紧紧的,但什么也没有握住。Nobody, not even the rain, has such small hands.)（没有人，哪怕是雨也没有如此小巧的手）江玲再见。女孩子们再见！"

三

南山何其悲，鬼雨洒空草。雨在海上落着。雨在这里的草坡上落着。雨在对岸的观音山落着。雨的手很小，风的手帕更小，我腋下的小棺材更小更小。小的是棺材里的手。握得那么紧，但什么也没有握住，除了三个雨夜和雨天。潮天湿地。宇宙和我仅隔层雨衣。雨落在草坡上。雨落在那边的海里。海神每小时摇他的丧钟。

"路太滑了。就埋在这里吧。"

"不行。不行。怎么可以埋在路边？"

"都快到山顶了，就近找一个角落吧。哪，我看这里倒不错。"

"胡说！你脚下踩的不是墓石？已经有人了。"

"该死！怎么连黄泉都这样挤，一块空地都没有。"

"这里是乱葬岗呢。好了好了，这里有四尺空地了。就这里吧，你看怎么样？要不要我帮你抱一下棺材？"

"不必了，轻得很。老侯，就挖这里。"

"怎么这一带葬的都是小朋友？你看那块碑！"

顺着白帆指的方向,看见一座五尺长的隆起的小坟。前面的碑上,新刻红漆的几行字:

爱女苏小菱之墓

母　孙婉宜

父　苏鸿文

"那边那个小女孩还要小,"我把棺材轻轻放在墓前的青石案上。"你看这个。四十九年生。五十一年殁。好可怜。好可怜。唉,怎么有这许多小幽灵。死神可以在这里办一所幼稚园了。"

"那你的宝宝还不够入园的资格呢。他妈妈知不知道?"

"不知道。我暂时还不打算告诉她。唉,这也是没有缘分,我们想要一个小男孩。神给了我们一个,可是一转眼又收了回去。"

"你相信有神?"

"我相信有鬼。I'm very superstitious, your know. I'm as superstitious as Byron(你知道的,我很迷信。我和拜伦一样迷信)。你看过我译的《缪思在地中海》没有?雪莱在一年之内,抱着两口小棺材去墓地埋葬……

"小时候我有个初中同学,生肺病死的。后来我每天下午放学,简直不敢经过他家门口。天一黑,他母亲就靠在门口,脸又瘦又白,看到我走过,就死盯着我,嘴里念念有词,喊她儿子的名字。那样子，似笑非笑，怕死人！她儿子秋天死的。她站在白杨树下，每天傍晚等我。一九六三年的秋天站到明年的秋天，足足喊了她儿子三年。后来转了学，才算躲掉这个巫婆……话说回来，母亲爱儿子，那真是怎么样也忘不掉的。"

"那是在哪里的时候？"

"丰都县。现在我有时还会梦见她。"

"梦见你同学？"

"不是。梦见他妈妈。"

上风处有人在祭坟。一个女人。哭得怪凄厉的。荨麻草在雨里直霎眼睛。一只野狗在坡顶边走边嗅。隐隐地，许多小亡魂在呼唤他们的姆妈。这里的幼稚园冷而且潮湿，而且没有人在做游戏。只有清明节，才有家长来接他们回去。正是下午四点，吃点心的时候。小肚子又冷又饿哪。海神按时敲他的丧钟。无所谓上课。无所谓下课。虽然海神敲其丧钟，按时。

"上午上的什么课？"

"英诗，莎士比亚的 *Fear No More* 和 *Full Fathom Five*（海神的召唤）。同学们不知道为什么要选这两首诗。Sea nymphs hourly ring……好了，好了，够深了。轻一点，轻一点，不要碰……"

大铲大铲的黑泥扑向土坑。很快，白木小棺便不见了。我的心抖了一下。一扇铁门向我关过来。

"回去吧，"我的同伴在伞下喊我。

四

　　文兴：接到你白雪封的从爱荷华城寄来的信，非常为你高兴。高兴你竟在零下的异乡享受熊熊的爱情。握着小情人的手，踏过白晶晶的雪地，踏碎满地的黄橡叶子。风来时，翻起大衣的貂皮领子，看雪花落在她的帽檐上。我可以想见你的快意，因为我也曾在那座小小的大学城里，被禁于六角形盖成的白宫。易地而居，此心想必相同。

　　我却困在森冷的雨季之中。有雪的一切烦恼，但没有雪的爽白和美丽。湿天潮地，雨气蒸浮，充盈空间的每个角落。木麻黄和尤加利树的头发全湿透了，天一黑，交叠的树影里拧得出秋的胆汁。伸出脚掌，你将踩不到一寸干土。伸出手掌，凉蠕蠕的泪就滴入你的掌心。太阳和太阴皆已篡位。每天都是日食。每夜都是月食。雨云垂翼在这座本就无欢的都市上空，一若要孵出一只凶年。长此以往，我的肺里将可闻蚋群的悲吟，蟑螂亦将顺我的脊椎而上。

　　在信里你曾向我预贺一个婴孩的诞生。我不知道该怎么回答你。我只能告诉你，那婴孩是诞生了，但不在这屋顶下面。他的屋顶比这矮小得多。他睡得很熟，在一张异常舒适的小榻上。总之，我已经将他全部交给了户外的雨季。那里没有门牌，也无分画夜。那是一所非常安静的幼稚园，没有秋千，也没有盗船。在一座高高的山顶，可以俯瞰海岸。海神每小时摇一次铃铛。雨地里，腐烂的薰草化成萤，死去的萤流动着神经质的碧磷。不久他便要捐给不息的大化，汇入草下的冻土，营养九茎的灵芝或是野地的荆棘。扫墓人去后，旋风吹散了纸马，马踏着云。秋坟的络丝娘唱李贺的诗，所有的耳朵都凄然竖起。百年老鸮修炼成木魅，和山魈争食祭坟的残肴。蓦然，万籁流窜，幼稚园恢复原始的寂静。空中回荡着诗人母亲的厉斥：

是儿要呕出心乃已耳！

最反对写诗的总是诗人的母亲。我的母亲已经不能反对我了。她已经在浮屠下聆听了五年，听殿上的青铜钟摇撼一个又一个的黄昏，当幽魂们从塔底啾啾地飞起，如一群畏光的蝙蝠。母亲。母亲。最悦耳的音乐该是木鱼伴奏着铜磬。雨在这里下着。雨在远方的海上下着。雨在公墓的小坟顶，坟顶的野雏菊上下着。雨在母亲的塔上下着。雨在海峡的这里下着，在海峡的那边，也下着雨。巴山夜雨。在二十年前下着的雨在二十年后也一样地下着，这雨。桐油灯下读古文的孩子。雨下得更大了。雨声中唤孩子去睡觉的母亲。同一盏桐油灯下，为我扎鞋底的母亲。氧化成灰烬的，一吹就散的母亲。巴山的秋雨涨肥了秋池。少年听雨巴山上。桐油灯支撑黑黢黢的荒凉。（而今听雨僧庐下，鬓已星星也?)中年听雨,听鬼雨如号,淋在孩子的新坟上,淋在母亲的古塔上,淋在苍茫的回忆之上。雨更加猖狂。屋瓦腾腾地跳着。空屋的心脏病忐忑到高潮。妻在产科医院的楼上,听鬼雨叩窗,混合着一张小嘴喊妈妈的声音。父亲辗转在风湿的床上,咳声微弱,沉没在朗朗的雨声之中。一切都离我怎远,今夜,又离我怎近。今夜的雨里充满了鬼魂。湿淋淋,阴沉沉,黑森森,冷冷清清,惨惨凄凄切切。今夜的雨里充满了寻寻觅觅,今夜这鬼雨。落在莲池上,这鬼雨,落在落尽莲花的断枝上。连莲花也有诛九族的悲剧啊。莲莲相连,莲瓣的纤指握住了一个夏天,又放走了一个夏天。现在是秋夜的鬼雨,哗哗落在碎萍的水面,如一个乱发盲睛的肖邦在虐待千键的钢琴。许多被鞭笞的灵魂在雨地里哀求大赦。魑魅呼喊着魍魉回答着魑魅。月食夜,迷路的白狐倒毙,在青狸的尸旁。竹黄。池冷。芙蓉死。地下水腐蚀了太真的鼻和上唇。西陵下,风吹雨,黄泉酝酿着空前的政变,芙蓉如面。蔽天覆地,黑风黑雨从破穹破苍的裂隙中崩溃了下来,八方四面,从罗盘上所有的方位向我们倒下,倒下,倒下。女娲炼石补天处,女娲坐在彩石上绝望地呼号。《石头记》的断线残编。石头城也泛滥着六朝的鬼雨。郁孤台下,马嵬坡上,羊公碑前,落了多少行人的泪。也落在湘水。也落在潇水。也落在苏小小的西湖。黑风黑雨打熄了冷翠烛,在苏小小的小小的石墓。潇潇的鬼雨从大禹的时代便潇潇下起。雨落在中国的泥土上。雨渗入中国的地层下。中国的历史浸满了雨渍。似乎从石器时代到现在，同一个敏感的灵魂，在不同的躯体里忍受无尽的荒寂和震惊。哭过了曼卿，滁州太守也加入白骨的行列。哭湿了青衫，江州司马也变成苦竹和黄芦。即使是王子乔，也带不走李白和他的酒瓶。今夜的雨中浮多少蚯蚓。

　　这已是信笺的边缘了。盲目的夜里摸索着盲目的风雨。一切都黯然，只有胡髭在唇下茁长。明晨，我剃刀的青刃将享受一顿丰收的早餐。这轻飘飘的邮件，亦将冲出厚厚的雨云，在孔雀蓝的清脆里向东飞行了。

莎诞夜

从密密麻麻的莎胡子里，从回旋着牧歌、情歌、挽歌的伊丽莎白潮涌了出来，人们徜徉着，不愿意回到二十世纪，不愿意回到氢弹和癌症的现代。莎士比亚的胡子，荫天蔽地，冉冉升起了瘴气，若一座原始森林。走进去，便是深邃的十六世纪。生活在童贞女皇的裙下，喝麦酒，听莎剧，伊丽莎白的臣民是快乐的。十六世纪的天地何等辽阔。金字塔颓倒，希腊苍老，罗马迟暮，至少大西洋的彼岸，有一片处女地在野牛蹄下等热那亚的船长，等保皇党和清教徒。太阳和云雀一同飞起，太阴之上仍住着美丽的黛安娜。相形之下，二十世纪何等狭小。自由女神哭泣着，在东柏林的围墙下。摩天楼是现代的金字塔，纽约客殉葬在墓中，为了拥抱工业革命。

逍遥游

在第一发火箭射中月球之前,仍不妨让美丽的卫星留在神话里。散场的人们,从修道院大门的河口三角洲鱼贯而出,立刻就注入了汪洋的月光。浸软了硬邦邦的莎髯的月光。朱丽叶的月光。仲夏夜,哪,初夏夜的月光。应该有恶作剧的精灵,黑袖舞的蝙蝠,和长脚妖的蜘蛛。这是莎诞夜。四世纪前,颤巍巍的玛丽。莎士比亚,大腹便便的玛丽也呼吸着这种薄荷酒似的空气。月光一定知道,蝙蝠和女巫和九个缪斯都知道,唯文盲的农家女不知道,不知道她腹中正孕着一整个宇宙,孕着丹麦的王子,威尼斯的财奴,孕着大半部文艺复兴。这个小男孩,这个以蜗牛步速去上课的小朋友不出来,许多小男孩也不能出来。至少奥立佛的母亲,贾瑞克的母亲,希雷格尔兄弟的母亲和梁实秋的母亲会等得好不耐烦。四百年来,这一部于思的范代克胡须,牵牵扯扯,不晓得缠住了多少莎迷和莎痴,莎子莎孙和莎族。一个躺在墓中的人,竟伸出怎长怎长的章鱼式的须来,伸进文化的每个角落,伸到这亚热带的岛上,伸到今夕。伸到——

今夕,夜正年轻。黑云母的夜空有白云的皱纹。朱丽叶的月光,似溶了微毒的青芒,凉沁沁地落在我们的皮肤上。仰面。抖发。张开肺叶。吸进冰薄荷冰过的初夏。不圆满的月面。朱丽叶的匕首抖开了寒芒,亦是她墓中守尸的烛光?

"再见,Father Clifford(克利福德神父)!"

"再见,Father Orozco(奥罗斯科神父)!晚安!"

"再见，Friar Laurence，曼丘亚再见！"

散场的大学生哄笑起来。Friar Laurence 说：

"Take care of yourself, Signorina Capulet（照顾好自己，卡普莱特夫人）！"

又是一阵笑声。月光下，谁唱起刚才李达三神父演说中播放的小丑之歌：

> 什么是爱情？爱情非将来；
> 今天高兴，笑口就暂开；
> 明天的一切不可预期：
> 等来等去，等少了青春；
> 来吻我吧，双十的情人；
> 青春是不经用的东西。

立刻有大三的女生群接下去覆唱。不曾唱的，也不由自主地低声吟和。看过《深宫怨》和《王子复仇记》的电影吗？那些宫娥和短命的奥菲丽亚的柔美歌声，就像这样。柔美，凄清，而且无可奈何，让耳朵饮鸩止渴似的饮进那旋律。你必须亲耳聆听过，亲身淋过，才能从胃里，从寒战的背脊上，从隐隐发麻的脸颊上，经验那种酸楚。哪，歌声又起了，祟着月，祟着夜的神经质的听觉：

> 等来等去，等少了青春；
> 来吻我吧，双十的情人；
> 青春是不经用的东西。

然后又是一阵自嘲夹杂着自豪的笑声。

"余老师，你怎么不唱？"

"咦，我说是谁，原来是老师！唱嘛，唱嘛！"

"老师，你唱嘛！还是你教我们念的！"

"你们唱吧。这是你们唱的歌。我已经——"

歌声飘然远去，笑声亦渐杳。只留下冷冷清清的柏油马路，留下文身的斑马线，交给欲眠未眠的氢灯。现代的夜城，竟而空空廓廓如一座废墟，青荧荧的太阴下，被蛊的世界迷惘而且夐远。画间的一切，新闻和历史，竞选演说和宣传车队，都恍若隔世的回忆，可笑而不切题。一切皆是多事，Much ado about nothing（无事生非）！蝇营狗苟，夙兴夜寐，锱铢必较，睚眦必报。一百六十厘米，一百二十五磅，癌症的候选人，坟墓的远客。如此而已。如此而已。黄金的男孩和黄金的女孩，像烟囱的扫帚，迟早要扫灰！崇拜老师的金童和玉女，玉女和金童啊，事实上，崇拜的是我，被崇拜的是你们。崇拜你们的青眼和眼中的风景，崇拜你们出发的希望，追光的决心。希腊人是对的。他们为青春设一尊神。痛饮当如巴客司，长歌当如阿波罗。孔子的子

莎诞夜

孙啊,你们太早熟了。不崇拜年轻的英雄,崇拜年迈的圣贤!颜回太缺少运动,而且营养不良!北方之强欤?南方之强欤?孰如西方之强欤?

青春常在,而青年不常在。freshmen(一年级学生)来 seniors(高年级学生)去。如潮来潮去。海犹是海,而浪非前浪。抽足入水,无复前流。大一的青青子衿,大四的济济多士。浪来。浪去。像校园里开开谢谢,谢谢开开的夹竹桃和樱花。我是廊外的一株花树。花来。花去。而树犹在。十二年前,我也是一朵早春的桃花,红得焚云的桃花,美得令武陵人迷路的桃花,开在梁实秋的树上,赵丽莲的树上,曾霨公的树上。然后我也迅疾地谢了。然后我开始孤独而且流浪。

月光的冰牛奶,滴进了几CC(立方厘米)的醋。四野寂然无风,但有风的感觉。月轮转时,牵动着水晶体中一切的钴蓝色和铝青色,牵动着淬了毒液的匕首的锋芒。蛙群放肆而且盲从地鼓腹而歌:crow-co-co-co-ax-coax-coax。真像这世界已然沉入仲夏夜之梦底,月光的邪说,萤火的谣言,已然统治了夜,统治了几千年了。月轮转着,如在吉卜赛女巫掌中的水晶球,球面的黑斑显示着神秘的象征。萤火虫的磷焰,照不出夜的轮廓,徒增夜的迷惑。巨瞳而隆腹的蛙族拜月而唱,如中蛊的原始部落:克罗可可可阿克斯可阿克斯可阿克斯。匪夷所思地唱着。施法念咒似的唱着。传递密码似的唱着。原始而苍老,野蛮而年轻的,莫名其妙地唱着。克罗可可可阿克斯可阿克斯。此起彼落，一呼百应，放肆而盲从地咯咯唱着。一若青草池塘的肺在呼吸，夏的小脑在做梦。月的鬼魄附在这些蚊虻的身上。

我的归途误入了雅典的郊野，亦是伊丽莎白的舞台？生命原是 a comedy of errors（一场错误的喜剧），而你是误中之误，错中之错，且错得多么有意。如果你披着青青的月色，脱下暧昧的树影，无声地向我走来。如果你不哭，也不笑，也不泄一点回忆。如果你立在那池塘上，茫然地望我，以你茫然的美目。则你应是一朵自得可疑的睡莲，醒自汉朝的古典。今夕何夕。至少在莎诞夜，你是一株窈窕而自怜的水仙，醒自希腊的爱琴海上。我刚自修道院归来，我知你曾在修道院苦修，欲修成洁白无瑕，不可能的完整。

但是我亦已将灵魂锻炼成大理石。我的前额是峥嵘的火成岩，我的泪腺是凝结的冰河。中国的诗人——你知道中国吗？——说，心铁已从干莫利。我无动于衷。即使红莲落瓣如滴血，你以为我会落泪，即使白莲落瓣如降雪。即使水仙溺水成水鬼。即使珊瑚是我的脊椎。即使珍珠是你的瞳孔。即使月下的世界是海底的世界。即使海神每小时摇我的丧钟。叮当。钟声。叮当。叮当叮。

那婴孩睡在观音山对岸。母亲，睡在塔底啊母亲。海神每小时摇一次丧铃。叮。叮当叮。莎士比亚，你是一只戏剧精，一只老不死的诗巫。拨动你的无名指，滚动你的指环，你是通冥的普洛斯佩罗，你呼风唤雨，撒豆成兵。谁是朱丽叶？谁是爱俐儿？谁是未见过男人的密兰达？谁是见不得女人的亚当尼斯？凭月光的巫术起誓，你这死神的弄臣，你一定拐走了班江生和弥尔顿，雪莱和丁尼生，拐走了狄伦·托马斯、弗罗斯特、康明思！如果在不朽的彼端有诗巫和戏剧精，那就是你啦，依呀嘀。老威廉！

Now look here, Bill you, must've stolen my soul（看这里，比尔，你偷了我的灵魂）！四百岁的精灵。西敏寺的圆顶也镇不住你，比尔，阿芬河的波浪也冲不走你。你应该在西敏寺幽暗的诗人一角，陪六百岁的老乔叟打瞌睡，不该学哈姆雷特的爸爸，到世界各地去作祟。

哪哪，比尔，我没有喝醉，你也没有喝醉。我们去雌人鱼酒店沽酒去。去去去，月亮和马路，夜和萤火，我们和蛙族，全去全去！李太白在雌人鱼酒店等我们哪！Come on, everybody! Come on, Macbeth and Iago and Falstaff（来吧，大家！快来吧，麦克白，伊阿古和福斯塔夫）！我们唱吧！"帝王的纪念碑，不曾比我的雄豪诗句更长寿。"祝你生日快乐，比尔，祝你生日快乐，李白。"屈平词赋悬日月，楚王台榭空山丘。"又要不朽。又要年轻。青春是不经用的东西。干杯，比尔！

逍遥游

　　如果你有逸兴作太清的逍遥游行，如果你想在十二宫中缘黄道而散步，如果在蓝石英的幻境中你欲冉冉升起，蝉蜕蝶化，遗忘不快的自己，总而言之，如果你何幸患上，如果你不幸患了"观星癖"的话，则今夕，偏偏是今夕，你竟不能与我并观神话之墟，实在是太可惜太可惜了。

　　我的观星，信目所之，纯然是无为的。两睫交瞬之顷，一瞥往返大千，御风而行，泠然善也，泠然善也。原非古代的太史，若有什么冒失的客星，将毛足加诸皇帝的隆腹，也不用我来烦心。也不是原始的舟子，无须在雾气弥漫的海上，裂眦辨认北极的天蒂。更非现代的天文学家或太空人，无须分析光谱或驾驶卫星。科学向太空看，看人类的未来，看月球的新殖民地，看地球人与火星人不可思议的星际战争。我向太空看，看人类的过去，看占星学与天宫图，祭司的梦，酋长的迷信。

于是大度山从平地涌起，将我举向星际，向万籁之上，霓虹之上。太阳统治了钟表的世界。但此地，夜犹未央，光族在钟表之外闪烁。亿兆部落的光族，在令人目眩的距离，交射如是微渺的清辉。半克拉的孔雀石。七分之一的黄玉扇坠。千分之一克拉的血胎玛瑙。盘古斧下的金刚石矿，天文学采不完万分之一。天河蜿蜒着敏感的神经，首尾相衔，传播高速而精致的触觉，南天穹的星阀热烈而显赫地张着光帜，一等星、二等星、三等星，争相炫耀他们的家谱，从 Alpha 到 Beta 到 Zeta 到 Omega，串起如是的辉煌，迤逦而下，尾扫南方的地平。亘古不散的假面舞会，除倜傥不羁的彗星，除爱放烟火的陨星，除垂下黑面纱的朔月之外，星图上的姓名全部亮起。后羿的逃妻所见如此。自大狂的李白，自虐狂的李贺所见如此。利玛窦和徐光启所见亦莫不如此。星象是一种最晦涩的灿烂。

北天的星貌森严而冷峻，若阳光不及的冰柱。最壮丽的是北斗七星。这局棋下得令人目摇心悸，大惑不解。自有八卦以来，任谁也挪不动一只棋子，从天枢到瑶光，永恒的颜面亿代不移。棋局未终，观棋的人类一代代死去。维北有斗，不可以挹酒浆。圣人以前，诗人早有这狂想。想你在平旷的北方，峨巍地升起，阔大的斗魁上斜着偌长的斗柄，但不能酌一滴饮早期的诗人。那

逍遥游

是天真的时代,圣人未生,青牛未西行。那是青铜时代,云梦的瘴疠未开,鱼龙遵守大禹的秩序,吴市的吹箫客白发未白。那是多神的时代,汉族会唱歌的时代,摽有梅野有蔓草,自由恋爱的时代。快乐的 Pre-Confucian(先秦儒家)的时代。

百仞下,台中的灯网交织现代的夜。湿红流碧,林荫道的彼端,霓虹茎连的繁华。脚下是,不快乐的 Post-Confucian 的时代。凤凰不至,麒麟绝迹,龙只是观光事业的商标。八佾在龙山寺凄凉地舞着。圣裔饕餮着俸禄。龙种流落在海外。诗经蟹行成英文。谁谓河广,一苇杭之。招商局的吨位何止一苇,奈何河广如是,浅浅的海峡隔绝如是!人人尽说江南好,游人只合江南老。令人竟羡古人能老于江南。江南可哀,可哀的江南。唯庾信头白在江南之北,我们头白在江南之南。嘉陵江上,听了八年的鹧鸪,想了八年的后湖,后湖的黄鹂过了十五个台风季,淡水河上,并蜀江的鹧鸪亦不可闻。帝遣巫阳招魂,在海南岛上,招北宋的诗人。"魂兮归来,南方不可以止些!"这里已是中国的至南,雁阵惊寒,也不越浅浅的海峡。雁阵向衡山南下。留学女生向东北飞,成群的孔雀向东北飞,向新大陆飞。有一种候鸟只去不回。

怒而飞,其翼若垂天之云,抟扶摇而上者九万里。喷射机在云上滑雪,多逍遥的游行!曾经,我们也是泱泱的上国,万邦来朝,皓首的苏武典多少属国。长安矗第八世纪的纽约,西来的驼队，风沙的软蹄踏大汉的红尘。曾几何时，五陵少年竟亦洗碟子，端菜盘，背负摩天楼沉重的阴影。而那些长安的丽人，不去长堤，便深陷书城之中，将自己的青春编进洋装书的目录。当你的情人已改名玛丽，你怎能送她一首菩萨蛮？历史健忘，难为情的，是患了历史感的个人。三十六岁，常怀千岁的忧愁。千岁前，宋朝第一任天子刚登基，黄袍犹新，一朵芬芳的文化欲绽放。欧洲在深邃的中世纪深处冬眠，拉丁文的祈祷有若梦呓。知晦朔的朝菌最可悲。八股文。裹脚巾。阿Q的辫子。鸦片的毒氛。租界流满了惨案。大国的青睐翻成了白眼。小国反复着排华运动。朝菌死去，留下更阴湿的朝菌，而晦朔犹长，夜犹未央。东方的大帝国纷纷死去。巴比伦死去。波斯和印度死去。亚洲横陈史前兽的遗骸，考古学家的乐园是废墟。南有冥灵，以五百岁为春，五百岁为秋。蟪蛄啊蟪蛄，我们是阅历春秋的蟪蛄。不，我们阅历的，是战国，是军阀，是太阳旗，是弯弯的镰刀如月。

夜凉如浸。虫吟如泣。星子的神经系统上，挣扎着许多折翅的光源，如果你使劲拧天蝎的毒尾，所有的星子都会呼痛。但那只是一瞬间的幻觉罢了。天苍苍何高也，绝望的手臂岂得而扣之？永恒仍然在拍打密码，不可改不可解的密码，自补天自屠日以来，就写在那上面，那种磷质的形象！似乎在说：就是这个意思。不周山倾时天柱倾时是这个意思。长城下，运河边是这个意思。扬州和嘉定的大屠城是这个意思。卢沟桥上，重庆的山洞里，莫非是这个意思。然则御风飞行，泠然善乎，泠然善乎？然则孔雀东北飞，是逍遥游乎，是行路难乎？曾经，也在密西西比的岸边，一座典型的大学城里，面对无欢的西餐，停杯投叉，不能卒食。曾经，立在密歇根湖岸的风中，看冷冷的日色下，钢铁的芝城森寒而黛青。日近，长安远。迷失的五陵少年，鼻酸如四川的泡菜。曾经啊，无寐的冬夕，立在雪霁的星空下，流泪想刚死的母亲，想初出世的孩子。但不曾想到，死去的不是母亲，是古中国，初生的不是女婴，是五四。喷射云两日的航程，感情上飞越半个世纪。总是这样。松山之后是东京之后是阿拉斯加是西雅图。上有青冥之长天，下有渌水之波澜。长风破浪，云帆可济沧海。行路难。行路难。沧海的彼岸，是雪封的思乡症，是冷冷清清的圣诞，空空洞洞的信箱，和更空洞的学位。

是的，这是行路难的时代。逍遥游，只是范蠡的传说。东行不易，北归更加艰难。兵燹过后，江南江北，可以想见有多荒凉。第二度离开的前夕，曾去佛寺的塔影下祭告先人的骨灰。锈铜钟敲醒的记忆里，二百根骨骸重历六年前的痛楚。六年了，前半生的我陪葬在这小木匣里。我生在王国维投水的次年。封闭在此中的，是沦陷区的岁月，抗战的岁月，仓皇南奔的岁月，行路难的记忆，逍遥游的幻想。十岁的男孩，已经咽下苦涩。高淳古刹的香案下，听一夜妇孺的惊呼和悲啼。太阳旗和游击队拉锯战的地区，白昼匿太湖的芦苇丛中，日落后才摇橹归岸，始免于锯齿之噬。舟沉太湖，母与子抱宝丹桥础始免于溺死。然后是上海的法租界。然后是香港海上的新年。滇越路的火车上，览富良江岸的桃花。高亢的昆明。险峻的山路。母子颠簸成两只黄鱼。然后是海棠溪的渡船，重庆的团圆。月圆时的空袭，迫人疏散。于是六年的中学生活开始，草鞋磨穿，在悦来场的青石板路。令人涕下的抗战歌谣。令人近视的教科书和油灯。桐油灯的昏焰下，背新诵的古文，向鬓犹未斑的父亲，向扎鞋底的母亲，伴着瓦上急骤的秋雨急骤地灌肥巴山的秋池……钟声的余音里，黄昏已到寺，黑僧衣的蝙蝠从逝去的日子里神经质地飞来。这是台北的郊外，观音山已经卧下来休憩。

栩栩然蝴蝶。蘧蘧然庄周。巴山雨。台北钟。巴山夜雨。拭目再看时，已经有三个小女孩喊我父亲。熟悉的陌生，陌生的变成熟悉。千级的云梯下，未完的手续待我去完成。将有远游。将经历更多的关山难越，在异域。又是松山机场的挥别，东京御河的天鹅，太平洋的云层，芝加哥的黄叶。六年后，北太平洋的卷云，犹卷着六年前乳色的轻罗。初秋的天一天比一天高。初秋的云，一片比一片白净比一片轻。裁下来，宜绘唐寅的扇面，题杜牧的七绝。且任它飞去，且任它羽化飞去。想这已是秋天了，内陆的蓝空把地平都牧得很辽很远。北方的黄土平野上，正是驰马射雕的季节。雕落下。雁落下。萧萧的红叶红叶啊落下，自枫林。于是下面是冷碧伶仃的吴江。于是上面，只剩下白寥寥的无限长的楚天。怎么又是九月又是九月了呢？木兰舟中，该有楚客扣舷而歌，"悲哉秋之为气也，憭栗兮若在远行！"

远行。远行。念此际，另一个大陆的秋天，成熟得多美丽。碧云天。黄叶地。爱荷华的黑土沃原上，所有的瓜该又重又肥了。印第安人的落日熟透时，自摩天楼的窗前滚下。当暝色登上楼的电梯，必有人在楼上忧愁。摩天三十六层楼，我将在哪一层朗吟登楼赋？可想到，即最高的一层，也眺不到长安？当我怀乡，我怀的是大陆的母体，啊，诗经中的北国，楚辞中的南方！当我死时，愿江南的春泥覆盖在我的身上，当我死时。

当我死时。当我生时。当我在东南的天地间漂泊。战争正在海峡里焚烧。饿殍和冻死骨陈尸在中原。黄巾之后有董卓的鱼肚白有安禄山的鱼肚白后有赤眉有黄巢有白莲。始皇帝的赤焰们在高呼，战神万岁！战争燃烧着时间燃烧着我们，燃烧着你们的须发我们的眉睫。当我死时，老人星该垂下白髯，战火烧不掉的白髯，为我守坟。吾所以有大患者，为吾有身。当我物化，当我归彼大荒，我必归彼芥子归彼须弥归彼地下之水空中之云。但在那之前，我必须塑造历史，塑造自己的花岗石面，当时间在我的呼吸中燃烧。当我的三十六岁于此刻燃烧在笔尖燃烧在创造里燃烧。当我狂吟，黑暗应匍匐静听，黑暗应见我须发奋张，为了痛苦地欢欣地热烈而又冷寂地迎接且抗拒时间的巨火，火焰向上，挟我的长发挟我如翼的长发而飞腾。敢在时间里自焚，必在永恒里结晶。

维北有斗,不可以挹酒浆。有一种疯狂的历史感在我体内燃烧,倾北斗之酒亦无法烧熄。有一种时间的乡愁无药可医。台中的夜市在山麓奇幻地闪烁,紫水晶的盘中霎着玛瑙的眼睛。相思林和凤凰木外,长途巴士沉沉地自远方来,向远方去,一若公路起伏的鼾息。空中弥漫着露滴的凉意,和新割过的草根的清香。当它沛沛然注入肺叶,我的感觉遂透彻而无碍,若火山脚下,一块纯白多孔的浮石。清醒是幸福的。未来的大劫中,唯清醒可保自由。星空的气候是清醒的秩序。星空无限,大罗盘的星空啊,创宇宙的抽象大壁画,玄妙而又奥秘,百思不解而又百读不厌,而又美丽得令人绝望地赞叹。天河的巨瀑喷洒而下,蒸起螺旋的星云和星云,但水声夐渺得永不可闻。光在卵形的空间无休止地飞啊飞,在天河的旋涡里作星际航行,无所谓现代,无所谓古典,无所谓寒武纪或冰河时期。美丽的卵形里诞生了光,千轮太阳,千只硕大的蛋黄。美丽的卵形诞生了我,亦诞生后稷和海伦。七夕已过,织女的机杼犹纺织多纤细的青白色的光丝。五千年外,指环星云犹谜样在旋转。这婚礼永远在准备,织云锦的新娘永远年轻。五千年前,我的五立方的祖先正在昆仑山下正在黄河源濯足。然则我是谁呢?我是谁呢?呼声落在无回音的,岛宇宙的边陲。我是谁呢?我——是——谁?一瞬间,所有的光都息羽回顾,猬集在我的睫下。你不是谁,光说,你是一切。你是侏儒中的侏儒，至小中的至小。但你是一切。你的魂魄烙着北京人全部的梦魇和恐惧。只要你愿意，你便立在历史的中流。在战争之上，你应举起自己的笔，在饥馑在黑死病之上。星裔罗列，虚悬于永恒的一顶皇冠，多少克拉多少克拉的荣耀，可以为智者为勇者加冕，为你加冕。如果你保持清醒，而且屹立得够久。你是空无。你是一切。无回音的大真空中，光，如是说。

落枫城

作客枫城，竟然也有一个半月了。秋色如焚，照亮了近处人家白漆的三角墙和远处的森林。日暖云轻的星期日上午，十月的尾巴晒得懒洋洋的，垂下来，成为人家廊上贪睡的花猫。小阳春的北美，尤其是伊利诺伊毗连爱荷华的大平原上，所谓秋老虎，并不可怕，因为它斑斓而且柔顺，更近乎一只向阳的花猫。虽说不可怕，柔驯的晌午到了傍晚，也会伸出渐利的猫爪，凌晨的霜齿也会深深陷进乔木，将枯叶咬出斑斑的血迹。秋色之来，莫之能御。红得剖心滴血的是盐肤木，赤中带黑的，是擎天拔地的巨橡，金黄爽脆日色欲透的，则是满街的枫树了。说到枫树，中年的读者当会忆起大陆的红叶，唐诗的读者当会吟起"红叶晚萧萧，长亭酒一瓢"的名句。美国中西部的枫树，却是黄叶。风起时，枫城枫落，落无边无际的枫叶，下一季的黄雨。人行秋色之中，脚下踩的，发上戴的，肩上似有意似无意飘坠的，莫非明艳的金黄与黄金。秋色之来，充塞乎天地之间。中秋节后，万圣节前，秋色一层浓似一层。到万圣节秋已可怜，不久女巫的扫帚，将扫尽遍地的落枫，圣诞老人的白髯，遂遮暗一九六四的冬阳了。

而此际，秋色犹深，从大西洋到太平洋，从纽约到西雅图，纵你以七十英里的时速在超级公路上疾驶而去，也突不破重重的秋色了。枫城当然不叫枫城。伊利诺伊州的第二大城，皮奥瑞亚（Peoria）是密西西比支流伊利诺伊河畔一个古老而繁荣的城市。说它古老，因为它建基于一八七三年，开镇史上，数伊州第一。说它繁荣，是因为世界闻名的卡特彼勒（Caterpillar）履带开路机，总厂在此。然而这些与我无关。与我有关的，是枫城的一些人物，一些可能出现在马斯特斯的《匙河集》（*Spoon River Anthology*）中的人物。

在"亚洲教授计划"之下，我于中秋之夕，飞来枫城，成为此地布莱德利大学（Bradley University）的所谓客座教授。这是三四年级的一年选修课，总名"东亚研究"，在我之后，还有尼泊尔、印度和韩国的客座教授各一，各任半学期的讲授。我的部分自然是中国文学。班上一共有三十八个同学。由于选课异常自由，各系的同学都有，系别差异，从英语文学到历史，从家政到新闻，从数学到政治地理俱全。本来听说——听别人警告说——美国的大学生最好发问，且勇于和老师辩论。我的经验稍有不同。大致上，班上的学生都很注意听讲，有问必答，可是并不紧紧追诘。也许由于缺乏东方历史和语文的背景，谈到中国的问题，他们反而有些羞愧之色。最能引起普遍兴趣的，恐怕是中国的文字，尤其是六书的象形和书法的篆隶行草。从中国的文字开始，我将他们的兴趣带向诗经、楚辞、汉赋、乐府和唐诗。每读一首诗，我都为他们准备一篇颇饶英诗意趣甚且合乎英诗格律的所谓"意译"，一篇逐字逐句追摹原文的所谓"直译"，最后还有一篇罗马拼音的音译。这样绕着原文打转，自然比仅读粗枝大叶的"意译"较近真相。最令他们好奇而又困惑的，是四声平仄之类。无论如何努力，他们总不能把四声读准，尤其是阳平和上声。尽管如此，他们最感兴趣的，却是古典诗的朗吟。

讲解每首诗，我必用现代的（我的江南）中文读一遍，然后用老派名士的腔调朗吟一遍。虽然我的吟法，父亲听了，曾说非闽非粤，死去的舅舅听了，会皱起长眉说念走了腔，而我的四川语文老师（科举时的拔贡）会放下嘴边的旱烟直摇头，我自吟自听，倒觉得蛮过瘾的，大有"余亦能高咏"之概。至少安格尔教授听了，说过marvellous（精彩）之类的字眼，布莱德利班上的同学们，似乎也有同感。因为千书万语，苦口婆心，曾不能使他们进入诗的意境，而朗吟的节奏与音色，却是超意境且直接诉诸听觉的。

可是面对满座的金发与碧瞳，面对玛丽亚和维纳斯的儿女们，吟起"人人尽说江南好，游人只合江南老，春水碧于天，画船听雨眠"，那又是怎样的滋味？伊利诺伊的大平原上，偶尔也见垂杨，但美国的垂杨不知六朝，也未闻台城，美国的枫树更不解何为吴江。"遥怜小儿女，未解忆长安。"眼前这些美国的小儿女，更不解长安的意义了。

可是美国的青年，也有很可爱的。大致上，我班上的学生都很用功，且认真阅读指定的参考书。给我印象最深的，是南喜（Nancy Ann Kelley），因为她总是考第一，而且读完了《红楼梦》。伶俐而且娇小，颇有一点拉丁女娃的风味，挽得高高的棕色长发，垂得低低的眼睫，应该上雷诺阿或是莫地里安尼的画面。她的答案总是清晰而中肯，显示她认真地了解那些问题。她将贾谊的《鵩鸟赋》和坡的《大鸦》对比，分析得非常得体。在"校友回校"期间，她曾参加 Homecoming Queen（同学会女王）的竞选，结果虽然落选，却赢得不少注意。

某日秋雾弥漫，方进早膳，发现班上的施路哈（Adam Szluha）端了咖啡过来同坐。感觉他的英语有些异样，追问下，始吐露他是匈牙利人。和他谈起李斯特和巴尔托克的音乐，眉宇间渐展喜色，说两人的作曲多受匈牙利民歌的影响。最后他才告诉我，离开匈牙利已经八年了。正是苏联的战车队辗压李斯特祖国的那年,他和弟弟,和一些渴望自由的匈牙利青年,越境逃亡,向西欧的城市。经不起旅途的折磨和乡愁的呼唤,许多同伴只到了巴黎,便纷纷回去匈牙利。只有施路哈和他的弟弟横渡大西洋,到了美国。可是在美国,施路哈说,两兄弟并不能经常见面。忙于生活,他们总是在不同的城市工作。最近施路哈的父母将从匈牙利来美国,看两个久别的男孩子。说到这里,施路哈的眼眶都红了。

  班上另一个男孩,也曾有类似的经验。那是巴尔纳比(Stephen Barnabee)。瘦长而秀逸,尖尖的鼻子,灵活而湛蓝的眼眸,披一头漂亮的棕发。有一次小考,他最后交卷,说那天是他的生日,我竟然送他——指着试题——这样棘手的礼物。当天中午,我请他在学生中心的自助餐厅吃炸鸡。那天巴尔纳比刚满二十一岁,算是成人了,一团高兴。原来美国的小伙子有两个大生日,值得大庆特庆。那是十六岁生日和二十一岁生日——十六岁是可以开车的年龄;而二十一岁是成年,到这一天,你可以去投票选戈德华特或是詹森,更重要的是,你可以堂然步入酒肆,向酒保大呼:"一杯威士忌!"那天我当然没请巴尔纳比喝酒,可是在可口可乐与炸鸡之间,巴尔纳比告诉我他在西德做钢铁锯工的生活,说他怎么喜欢慕尼黑,怎么从西柏林乘火车去东德,看东德无欢的市民和冷落的街道,看东德的警察手持冲锋枪戒备的情况。

逍遥游

高大，英挺，整齐的平头，浓黑的眉下闪动着热切的眼睛和微笑的齿光，那是克尼玺（William Kneer），我叫他比尔。他是新闻系二年级的学生，皮奥瑞亚本地人。我来了没多久，比尔便代表校刊《布莱德利侦探》（The Bradley Scout）来采访，之后便在十月一号的那一期发表了一篇访问记。不久，当地日销十万份的《皮奥瑞亚星报》（The Peoria Journal）派了一个叫菲利普的记者，来访问我，指明要我谈中国大陆的文学问题。我即就鲁迅和胡风的悲剧解析文学和宣传的不能相容，并阐明我在台湾从事现代中国文学的立场。这篇访问记长两千多字，曾在十月二十二日晚刊和二十三日的晨刊上连载两天。正是美国大选的前夕，两党竞选的热潮，冲击着大学的红楼。布莱德利的某些教授起草一篇宣言式的文字，要寄去《纽约时报》刊登，当他们要我也签名参加时，立刻被我拒绝了。

我的讲课，原不囿于中国的古典诗。接着唐诗，我讲到中国的散文——先秦诸子的散文、史记的散文、六朝的骈文和韩愈的古文运动。之后便是中国的小说，限于时间，只能以红楼梦为中心。最后的两个星期，我便集中在现代文学，谈到梁启超的新文体，王国维的文学批评，林琴南的翻译小说，谈到胡适和陈独秀的文学革命，谈到以胡陈为例的自由作家与左翼作家的分裂，鲁迅的悲剧，郭沫若的沉沦，新月社的风流云散，左翼作家的雄踞文坛。最后谈到中国台湾现代文艺的运动，现代诗和抽象画的高度发展，并且放映七十多幅抽象画与二百多幅古典画的彩色幻灯片。此外，我更应邀在当地美以美教会概述中国的宗教，在宗教系的班上谈中国的文字，并在英文系的班上诵读中国的古典诗与现代诗。

居停主人，美以美教会的牧师杜伦夫妇（Rev. & Mrs. F. Roy Doland）待我异常亲切，使我远适域外，仍得分享家庭乐趣。由于他们的向道，我有机会瞻仰民主巨人林肯在新萨伦（New Salem）的遗迹，和他在春田（Springfield）的纪念碑与故居。那是十月下旬，响朗朗的一个晴日下午，小阳春的天气，宛若回光一瞥，欲去还留。方向盘在杜伦先生阔厚的掌中，指挥一九六四年的雪翡璐瓦，饕餮多少英里的秋色。高速的观览中，成熟的风景慷慨地展现她的多姿，地平线和纵游之目在天地难解处捉迷藏，反正伊利诺伊州有足够的平原，让你驰车，驰目，驰骋幻想。没有什么比春秋佳日坐在疾行的车中更能放纵幻想的了。七十英里，七十五英里，八十五英里，速度快得似乎可以逸出悲哀的常轨，而不知名的国度似乎即在面前涌起。毕竟秋季已经成长到饱和，橡叶已经红得发焦，枫叶已经黄得伤眼，然而映在这季节最后的残照里，犹堪支撑一个美的宇宙，在雾后雪前，暂驻奇迹。四车并驶的公路，截过好几片鹿苑，路边的交通牌上，注着 Deer Crossing（有鹿穿越），虽然不见鹿迹，已增多少仙意。据说游鹿来去自如，有时撞上汽车，会造成车破鹿亡。更据说，群兽目无交通规则,每有野兔和臭鼬之类的小可怜,辗毙轮下,因为超级公路上面,最低时速且限于四十五英里。时速到六十英里时,从起念刹车到戛然车停,已然滑行了三百六十六英尺。像王维夫子那种"晴川带长簿,车马去闲闲"的温暾劲儿,准给人家的喇叭大轰特轰了。据说辗死臭鼬最为倒霉,因为其臭黏附轮胎,历久不衰,虽力拭亦不去。

在新萨伦的林肯遗迹徘徊了两个小时,回顾当日林肯村居的种种情况。一切停顿在十九世纪中叶的表面。泥糊石砌的老木屋中,笨重的桌椅和高架床,方花格子的桌布,犹闻唧唧的纺机,纵横可数的木条地板,一切都似乎停顿在马克·吐温作品的插图里,给人一种拨不开的时间之幻觉。到春田已欲黄昏。斜阳自州府大厦高耸的塔尖上滑下来,余温已然敌不住薄暮的锋芒。在斜晖中,看到落锁的林肯旧宅。此中人已进入历史,住在永恒,犹有十几个游人,徘徊宅前,似欲逆泳而上时间之流。等我们攀上林肯纪念碑的大理石阶,落日颓然西下,夜色忽已连环。在寒气渐侵的苍茫中,辨认建墓时三十七州的古朴石徽。州各一石,重大如碑,而石分九型,据说是从明尼苏达、密苏里、马萨诸塞、阿肯色、犹他、意大利、西班牙、法兰西和比利时的大理石矿中采来。衬在墨蓝的夜空上,一百一十七英尺的方尖塔犹兀自矗起民主的意志,下面的四只角上,为自由而斗的英雄们仍然在进行南北战争——步兵群,骑兵队,海军和炮兵的青铜像座,似仍在抢夺一个铿锵的胜利。林肯死于一八六五年四月十五日，明年正是百周年纪念。百年后，民主的道路仍未平坦，且似乎更加崎岖。

归途，阔大的平原罩上了渺茫的神秘。平直的公路，无声地伸入未知，如梦的车首灯光，拓开了一片黑暗，又被吞入另一片黑暗。我们平稳地向前游弋，从一个未知向一个未知，看夜在车窗外设计的几何图形，且忙于变换星的坐标，绕着青兮兮的北极星。黄灯霎着诡谲。红灯瞪着无礼的警告。白灯交换着匆匆的眼色，朝相反的方向投入黑暗。三百六十度的黑暗。黑暗在黑暗中泛滥着黑暗，在黑暗中染黑了黑暗。鲸鱼在南方巨伟地泅泳，偶尔喷出一粒流星。终于，夜决定是缺少了一个半圆形。于是初七的半月从车窗的右后侧追了过来，把好几品脱的清光泼在我们的发上。如果这时此身在中国。如果这时中国在汉朝。如果我的古典情人在汉朝等我，在汉朝冰肌的月光中，在眼前这般晃悠悠的青白色的月光中洗她乌黑的长发，黑得晶亮的长发。而忘了如梦的车首灯不过是指向皮奥瑞亚，指向枫城。忘了车外，万圣节渐近的夜空中，骑帚的女巫们，都不用点灯的。

九 张 床

　　一张比一张离你远。一张比一张荒凉。检阅荒凉的岁月，九张床。

　　第一张。西雅图的旅馆里，面海，朝西。而且多风，风中有醒鼻的咸水气息。那是说，假如你打开长长的落地窗，披襟当风。对于宋玉，风有雌雄之分。对于我，风只分长短。譬如说，桃花扇底的风是短的。西雅图的风是长的。来自阿拉斯加，自海豹群吠月的岩岸，自空空洞洞的育空河口吹来。最难是，破题儿第一遭。寂寞的史诗，自午夜的此刻开始。自西雅图开始。西雅图，多风的名字，遥远的城。六年前，一个留学生的寂寞也从此开始，检阅上次回乡的岁月，发现有些往事，千里外，看得分外清晰。发现一个人，一个千瓣的心灵，很难绝对生活在此时此刻。预感带几分恐惧。回忆带几分悲伤。如是而已。如是而已。蚀肤酸骨的月光下,中秋渐近而不知中秋的西雅图啊,充军的孤城,海的弃婴。今夕,我无寐,无鼾,在浩浩乎大哉,太平洋苍老而又年轻,蓝浸四大洲的鼾声之中。小小的悲伤,小小的恩怨,小小的一夜失眠。当你想,永恒的浪潮拍着宇宙的边陲,多少光,多少清醒。

　　第二张浮在中秋的月色里。西雅图之后,北美洲大陆的心脏,听不见海,吹不到风。该是初秋的早寒了,犹逗留燠热的暑意,床单逆拂着微潮的汗毛。耳在枕上,床在楼上,红砖的楼房在广阔的中西部大平原上。正是上课的前夕,明晨的秋阳中,四十双碧瞳将齐射向我,如欲射穿五千年的神秘和陌生。李白发现他的句子横行成英文,他的名字随海客流行,到方丈与蓬莱之外,有什么感想?今人不见古时月,今月曾经照古人。投倒影在李白樽中的古月,此时将清光泼翻我满床。月光是史前谁的魂魄,自神话里流泻出来,流向梦的,夜的,记忆的每个角落。月光光,谁追我,从台北追到西雅图追到皮奥瑞亚。如果昨夕无寐,今夜岂有入寐的理由?月光光,照他乡……抗战前流行的一首歌,在不知名处袅袅地旋起。轻罗小扇,儿时的天井。母亲做的月饼,饼面的芝麻如星。重庆,空袭的月夜,月夜的玄武湖,南京……直到曙色用一块海绵,吸干一切。

　　第三张在爱荷华城。林中铺满轻脆的干橡叶,十月小阳春的夜里，一个毕业生回想六年前，另一季美丽，但不快乐的秋天。六年前，金字塔下，许多木乃伊忽然复活，且列队行过我枕上。许多畸形的片段，七巧板似的合而复分，女巫们自万圣节中，拂其黑袖，骑其长帚，挟其邪恶的笑声，翩翩起飞。重游旧地，心情复杂而难以分析。六年前的异域，竟成六年后某种意义下某种程度上的故乡。毕竟，在此我忍过十个月（十个冰河期？）的真空，咽过难以消化的冷餐，消化过难以下咽的现代艺术。毕竟，在此我哭过，若非笑过，怨过，若非爱过。当长途汽车迤迤进站，且吐出灰狗重重的喘息，当爱荷华大学的象征，金顶的州议会旧厦森然自黑暗中升起，当旧日的老师李铸晋与安格尔，和今日的少壮作家，叶珊、王文兴、白先勇，在站前接我，一瞬间竟有重归故乡的感觉。

第四张在爱荷华城西北。那是黄用公寓中的双人床。重游母校的第三天，和叶珊、少聪并骑灰犬，去西北方百里的爱姆斯，拜访黄用和他的新娘。好久不写诗的黄用，在五年前现代诗的论战中，曾是一员骁将。公寓中的黄用，并不像寓公。伶牙俐齿，唇枪舌剑之间，黄用仍令你想起离经叛道，似欲掀起一股什么校风的自行车骑士。宾主谈到星图西倾，我才被指定与叶珊共榻。不能和戴我指环的女人同衾，我可以忍受；必须和另一男人，另一件泥塑品，共榻而眠，却太难堪了。要将四百多根雄性的骨骼，舒适地分布在不到三十平方英尺的局面，实在不是一件易事，而是一件艺术，一件较之现代诗的分行为犹难的艺术。叶珊的寐态，和他俊逸的诗风颇难发生联想。同床异梦，用之形容那一夜，是再恰当不过的了。他梦他的《水之湄》，我梦我的《莲的联想》。不，说异梦也是不公平的，因为我根本无梦，尤其耳当他鼾声的要冲。这还不是高潮。正当我卧莲欲禅之际，他忽在梦中翻过身来，将我抱住。我必须声明，我既非王尔德，他也不是魏尔伦。因此这种拥抱，可以想见的，不甚愉快。总算东方既白，像《白鲸记》中的以实玛利，我终于挣脱了这种睁眼的梦魇。

第五张历史较长，那是我在皮奥瑞亚的布莱德利大学，安定下来后的一张，我租了美以美教会牧师杜伦夫妇寓所的二楼。那是一张古色古香，饶有殖民时期风味的双人床，榻面既高，床栏亦耸，床左与床尾均有大幅玻璃窗，饰以卷云一般的洁白罗纱，俯瞰可见人家后院的花圃和车房。三五之夜，橡树和枫树投影在窗，你会感觉自己像透明的玻璃缸中，穿游于水藻间的金鱼。万圣节的前夕，不该去城里看了一场魅影幢幢的电影，叫什么 Witchcraft 的。夜间犹有余悸，将戏院发的辟妖牌（witch deflector）悬在床栏上，似亦不起太大作用。紧闭的室内，总有一丝冷风。恍惚间，总觉得有个黑衣女人立在楼梯口上，目光磷磷，盯在我的床上，第二天，发起烧来，病了一场。

幸好，不久布莱德利大学的讲课告一段落，我转去中密大

(Central Michigan University)。

第六张床比较现代化,席梦思既厚且软。这时已经是十二月,密歇根的雪季已经开始。一夜之间,气温会直落二十度,早上常会冷醒。租的公寓在乐山(Mount Pleasant)郊外,离校区还有三英里路远。屋后一片空廓的草地,满覆白雪,不见人踪,鸟迹。公寓新而宽大,起居室的三面壁上,我挂上三个小女孩的合照,弗罗斯特的遗像,梵高的向日葵,和刘国松的水墨抽象。大幅的玻璃窗外,是皑皑的平原之外还是皑皑的平原。和芬兰一样,密歇根也是一个千泽之国,而乐山正居五大湖与众小泽之间。冰封雪锁的白夜,鱼龙的悲吟一时沉寂。为何一切都离我恁遥恁远,即使燃起全部的星斗,也抵不上一缕烛光。

有时,点起圣诞留下来的欧薄荷色的蜡炬,青荧荧的幽辉下,重读自己的旧作,竟像在墓中读谁的遗书。一个我,接着另一个我,纷纷死去。真的我,究竟在何处呢?在抗战前的江南,抗战时的嘉陵江北?在战后的石头城下,抑在六年前的西方城里?月色如幻的夜里,有时会梦游般起床,启户,打着寒战,开车滑上运河一般的超级公路。然后扭熄车首灯,扭开收音机,听钢琴敲叩多键的哀怨,或是黑女肥沃的喉间,吐满腔的悲伤,悲伤。

第七张也在密歇根湖边。那是一张帆布床,也是刘鎏为我特备的陈蕃之榻。每次去芝加哥,总是下榻城北爱凡思顿刘鎏和孙

九张床

璐的公寓。他们伉俪二人,同任西北大学物理系教授。我一去,他们的书房即被我占据。刘鎏是我在西半球最熟的朋友。他可以毫无忌惮地讽刺我的诗,我也可以不假思索地取笑他的物理。身为科学家的他,偏偏爱看一点什么文艺,且喜欢发表一点议论。除了我的诗,於梨华的小说也在他射程之内。等到兴尽辞穷,呵欠连连,总是已经两三点钟。躺上这张床,总是疲极而睡。有时换换口味,也睡於梨华的床——於梨华家的床。

第八张在豪华庄。所谓豪华庄(Howard Johnsons Motor Lodge),原是美国沿超级公路遍设的一家停车旅馆,以设计玲珑别致见称。我住的豪华庄,在匹茨堡城外一山顶上,俯览可及百里,宽阔整洁的税道上,日夕疾驶着来往的车辆。我也是疾驶而来的旅客啊!车尾曳着密歇根的残雪,车首指向葛底斯堡的古战场。唯一不同的,我是在七十五英里的时速下,豪兴遄飞,朗吟太白的绝句而来的。太白之诗 tempo(速度)最快,在高速的逍遥游中吟之,最为快意。开了十小时的车,倦得无力看房里的电视,或是壁上挂的费宁格尔(Lionel Feininger)的立体写意。一陷入黑甜的盆地里便酣然入梦了。梦见未来派的车轮。梦见自己是一尊噬英里的怪兽,吐长长的火舌向俄亥俄的地平。梦见不可名状不可闪避的车祸,自己被红睛的警车追逐,警笛曳着凄厉的响尾。

好——险!狼嚎神号的一声刹车,与死亡擦肩而过。自梦魇惊醒,庆幸自己还活着,且躺在第九张床上。床在楼上,楼在镇上，镇在古战场的中央。南北战争，已然是百年前的梦魇。这是和平的清晨，星期天的钟声，鼓着如鸽的白羽，自那边路德教堂的尖顶飞起，绕着这小镇打转，历久不下。林肯的巨灵，自古战场上，自魔鬼穴中，自四百尊铜炮与两千座石碑之间，该也正冉冉升起。当日林肯下了火车，骑一匹老马上山，在他的于思胡子和清癯的颧骨之间，发表了后来成为民主经典的葛底斯堡演说。那马鞍，现在还陈列在镇上的纪念馆中。百年后，林肯的侧面像，已上了一分铜币和五元钞票，但南部的黑人仍上不了选票。同国异命，尼格罗族仍卑屈地生活在爵士乐悲哀的旋律里。"一只番薯，两只番薯。""跟我一样黑。"那种悲哀，在咖啡馆的酒杯里旋转旋转，令人停杯投叉，不能卒食，令人从头盖麻到脚后跟。所谓自由、平等、博爱。从法国大革命到现在。比起他们，五陵少年的忧郁，没有那么黑。你一直埋怨自己的破鞋，直到你看到有人断了脚。

  钟声仍然在敲着和平。为谁而敲，海明威，为谁而敲？想此时，新浴的旭日自大西洋底堂堂升起，纽约港上。自由的女神凌波而立，矗几千吨的宏美和壮丽。而日落天黑的古中国啊，仍在她火炬的光芒外，陷落，陷落。想此时，江南的表妹们都已出嫁，该不曾在采莲，采菱。巴蜀的同学们早毕业了，该不曾在唱山歌，扭秧歌。母亲在黄昏的塔下，父亲在记忆的灯前。三个小女孩许已在做她们的稚梦，梦七矮人和白雪公主。想此时，夏菁

九张床

在巍巍的落基山顶，黄用在爱荷华的雪原，望尧旋转而旋转，在越南政变的旋涡。蒲公英的岁月，一切都吹散得如此辽远，如此破碎的中国啊中国。

想此时，你该仰卧在另一张床上，等待第一声啼，自第四个幼婴。浸你在太平洋初春的暖流里，一只膨胀到饱和的珠母，将生命分给生命。而春天毕竟是国际的运动，在西半球，在新英格兰，从切萨皮克湾到波托马克河到萨斯奎汉纳的两岸，三月风，四月雨，土拨鼠从冻土里拨出了春季。放风筝的日子哪，鸟雀们来自南方，斗嘴一如开学的稚婴。鸟雀们来自风之上，云之上，越州过郡，不必纳税，只需抖一串颤音。不久春将发一声呐喊，光谱上所有的色彩都会喷洒而出。樱花和草莓，山茱萸和苜蓿，桃花绽时，原野便蒸起千朵红云，令梵高也看得眼花。沿桃蹊而行，五陵少年，该不曾迷路在武陵。至少至少，我要摘一朵红云寄你，说，红是我的爱情，云是我的行迹。那种炽热的思念，隔着航空信封，隔着邮票上林肯的虬髯，你也会觉得烫手。毕竟，这已是三月了，已是三月了啊。冬的白宫即将雪崩。春天的手指呵得人好痒。钟声仍在响。催人起床。人赖在第九张床上。在想，新婚的那张，在一种梦谷，一种爱情盆地。日暖。春田。玉也生烟。而钟声仍不止。人仍在，第九张床。

四月,在古战场

熄了引擎,旋下左侧的玻璃窗,早春的空气遂漫进窗来。岑寂中,前面的橡树林传来低沉而嘶哑的鸟声,在这一带的山里,荡起幽幽的回声。是老鸦呢,他想。他将头向后靠去,闭起眼睛,仔细听了一会,直到他感到自己已经属于这片荒废。然后他推开车门,跨出驾驶座,投入四月的料峭之中。

水仙花的四月啊,残酷的四月。已经是四月了,怎么还是这样冷峻,他想,同时翻起大衣的领子。湿甸甸阴凄凄的天气,风向飘忽不定,但风自东南吹来时,潮潮的,嗅得到黛青翻白的海水气味。他果然站定,嗅了一阵,像一头临风昂首的海豹,直到他幻想,海藻的腥气翻动了他的胃。这是斜向大西洋岸的山坡地带,也是他来东部后体验的第一个春天。美国孩子们告诉他,春

四月，在古战场

天来齐的时候，这一带的花树将盛放如放烟火，古战场将佩带多彩的美丽。文葩告诉他说，再过一个星期，华盛顿的三千株樱花，即将喷洒出来。文葩又说，鲈鱼和曹白鱼正溯波托马克河与萨斯奎汉纳河而上，来淡水中产卵，奇娃妮湖上已然有天鹅在游泳，黑天鹅也出现过两只了。你怎么知道这些的？有一次他问她。文葩笑了，笑得像一枝洋水仙。我怎么不知道，她说，我在兰卡斯特长大的嘛。你是一个乡下女娃娃，他说。

在一座巍然的雕像前站定，他仰起面来，目光扫马背骑士的轮廓而上，止于他翘然的须尖。他踏着有裂纹的大理石，拾级而上。他伸手抚摸石座上的马蹄，青铜的冷意浸冰他的手心，似乎说，这还不是春天。他缩回手，辨认刻在石座上的文字。塞吉维克少将，一八一三年生，一八六四年殁，阵亡于弗吉尼亚州，伟大的战士，光荣的公民，可敬的长官。已经一百年了，他想。忽然他涌起一股莫名的冲动，欲攀马尾而跃上马背，欲坐在塞吉维克将军的背后，看十九世纪的短兵相接。毕竟这是一座庞伟的雕塑，马鞍距石座几乎有六英尺，而马尾奋张，青铜凛然，苔藓滑不留手。他几度从马臀上溜了下来，终于疲极而放弃。他颓然跳下大理石座，就势卧倒在草地上。一阵草香袅袅升起，袭向他的鼻孔。他闭上眼睛，贪馋地深深呼吸，直到清爽的草香似乎染碧了他的肺叶。他知道，不久太阳会吸干去冬的潮湿，芳草将占据春的每个角落。不久，他将独自去抵抗一季豪华的寂寞，在异域,冷眼看热花,看热得可以蒸云煮雾的桃花哪桃花,冷眼看情人们十指交缠的约会。他想象得到,自己将如何浪费昂贵的晴日,独自坐在夕照里,数那边哥特式塔楼的钟声,敲奏又一个下午的死亡。然而春天,史前而又年轻的春天,是不可抗拒的。知更说,春从空中来。鲈鱼说,春从海底来。土拨鼠说,春是从地底冒上来的,不信,我掘给你看。伏在已软而犹寒的地上,他相信土拨鼠是对的。把饕餮的鼻子浸在草香里,他静静地匍匐着,久久不敢动弹,为了看成群的麻雀,从那边橡树林和桦木顶上啾啾旋舞而下,在墓碑上,在铜像上,在废炮口上作试探性的小憩,终于散落在他四周的草地上,觅食泥中的小虫。他屏息看着,希望有一双柔细而凉的脚爪会误憩在他的背上。不知道那么多青铜的幽灵,是不是和我的感觉一样,喜欢春天又畏惧春天,因为春天不属于我们,他想。我的春天啊,我自己的春天在哪里呢?我的春天在淡水河的上游,观音山的对岸。不,我的春天在急湍险滩的嘉陵江上,拉纤的船夫们和春潮争夺寸土,在舵手的鼓声中曼声而唱,插秧的农夫们也在春水田里一呼百应地唱,溜啊溜连溜哟,咿呀呀得喂,海棠花。他霍然记起,菜花黄得晃眼,茶花红得害初恋,嘤嘤的蜂吟中,菜花田的浓香熏人欲醉。更美,更美的是江南,江南的春天,江南春。春水碧于天,画船听雨眠。一次在中国诗班上吟到这首词,他的眼泪忍不住滚了出来。他分析给自己听,他的怀乡病中的中国,不在台湾海峡的这边,也不在海峡的那边,而在抗战的歌谣里,在穿草鞋踏过的土地上,在战前朦胧的记忆里,也在古典诗悠扬的韵尾。他对自己说,西北公司的回程票,夹在绿色的护照里,护照放在棕色的箱中。十四小时的喷射云,他便可以重见中国。然而那不是害他生病害他梦游的中国。他的中国不是地理的,是历史的。他的中国已经永远逝去,凄楚地,他凄楚地想。

四月的太阳,清清冷冷地照在他的颈背上,若亡母成灰的手。他想。他想。他想。他永远只能一个人想。他不能对那些无忧的美国孩子说,因为他们不懂,因为中国的一年等于美国的一世纪,因为黄河饮过的血扬子江饮过的泪多于他们饮过的牛奶饮过的可口乐,因为中国的孩子被烽火的烟熏成早熟的熏鱼,周幽王的烽火,卢沟桥的烽火。他只能独咽五十个世纪乘一千万平方公里的凄凉。中秋前夕的月光中,像一只孤单的鸥鸟,他飞来太平洋的东岸。从那时起,他驶过八千多英里,越过九个州界,闯过芝加哥的湖滨大道,纽约的四十二街和百老汇,穿过大风雪和死亡的雾。然而无论去何处,他总是在演独角的哑剧。在漫长而无红灯的四线超级公路上,以七十英里的时速疾驶,可以超庞然而长的二十轮卡车,太保式的野豹,雍容华贵的凯迪拉克,但永远摆不脱寂寞的尾巴。十四小时,哈姆雷特的喃喃独白,东半球可有人为他烧耳朵,打喷嚏?偶或驶出冰雪的险境,太阳迎他于邻州的上空,也会逸兴遄飞,豪气干云,朗吟李白的辞白帝或杜甫的下襄阳，但大半总是低吟"西北望长安，可怜无数山！"八千里路的云和月。八千里路的柏油和水泥。红灯，停。绿灯，行。南北是 avenue，东西是 street，方的是 square，圆的是 circle。他咽下每一里的紧张与寂寞，他自己一人。他一直盼望，有一对柔美的眼眸，照在他的脸上，有一个圆熟可口的女体，在他右手的座位，迷路时，为他解地图的蛛网，出险时，为他庆幸，为他笑。

为他笑，他出神地想，且为他流泪，这么一双奇异的眼睛。一只鹰在顶空飞过，幢然的黑影扫他的脸颊。他这才感到，风已息，太阳已出现好一会了。他想起宓宓，肥沃而多产的宓宓。最肥沃的地方，只要轻轻一挤，就会挤出杏仁汁来。他不禁自得地笑出声来。以前，他时常这么取笑她。可怜的女孩，他爱惜而歉疚地想。先是一搦纤细而多情的表妹，如是其江南风，一朵瘦瘦的水仙，在江南的风中。然后是知己的女友，缠绵的情人，文学的助手，诗的第一位读者。然后是蜜月伤风的新娘，套的是他的指环，用的是他的名字，醒时，在他的双人床上。然后是小袋鼠的母亲，然后是两个，三个，以至于一窝雌白鼠的妈妈。昔日的女孩已经蜕变成今日的妇人了，曾经是袅娜飘逸的，现在变得丰腴而富足，曾经是羞赧而闪烁的，现在变得自如而安详。她已经向雷诺阿画中的女人看齐了，他不断地调侃她。而在他的印象中，她仍是昔日的那个女孩，苍白而且柔弱，抵抗着令人早熟的肺病，梦想着爱情和文学，无依无助，孤注一掷地向他走来，而他不得不张开他的欢迎，且说，我是你的起点和终点，我的名字是你的名字，我的孩子是你的孩子，我会将你的处女地耕耘成幼稚园，我会喂你以爱情，我的桂冠将为你而编！他仍记得，敬羲说的，车票和邮票，象征爱情的频率。他仍记得，一个秋末的晴日下午，他送她到台北车站。蓝色长巴士已经曳烟待发。不能吻别，她只能说，假如我的手背是你的上唇，掌心是你的下唇。于是隔着车窗，隔着一幅透明的无可奈何，她吻自己的手背，又吻自己的掌心。手背。掌心。掌心。这些吻不曾落在他唇上，但深深种在他的意象里，他被这些空中的唇瓣落花了眼睛。

太阳晒得草地蒸出恍惚的热气，鸟雀的翅膀扑打着中午。不久，塞吉维克将军的剑影向他指来。他感到有点胃痛，然后他发现自己伏在草上已太久，而且有点饿了。已经是晌午了呢，他想。他从草地上站起来，抚摸压上了草印的手掌，并且拍打满身的碎草和破叶。忽然他感到非常饿了，早春的处女空气使他呼吸畅顺，肺叶张翕自如，使他的头脑清醒，身体轻松。一刹那，他幻想自己一张臂成了一尾潇洒的燕子，剪四月的云于风中，以违警的超速飞回国去。一阵风迎面吹来，他的发扬了起来，新修过的下颌感到一抹清凉。他果然举起两臂，迅步向那边的瞭望塔奔去，直到他稍稍领略到羽族滑翔的快感。然后他俯倚在灰石雉堞上，等待剧喘退潮。松枝的清香沛然注入他腔中，他更饿，但同时感到四肢富于弹性，腹中空得异常伶俐。

如果此刻宓宓在塔下向他挥手且奔来，他一定纵下去迎她，迎她雌性胴体全部的冲量。在温燠的阳光中，他幻想她的淡褐之发有一千尺长，让他将整个脸浴在波动的褐流之中。他希望自己永远年轻，永远做她的情人。又要不朽，又要年轻，绝望地，他想。李白已经一千二百六十四岁了。活着，呼吸着，爱着，是好的。爱着，用唇，用臂，用床，用全身的毛孔和血管，不是用韵脚或隐喻。肉体的节奏美于文字的节奏。他对塔下辽阔的古战场大呼，宓宓！宓宓！宓！！宓！呼声在万年松之间颤动、回旋，激起一群山鸟，纷纷惊惶地拍响黑翼，而两千座铜像和石碑，而四百门黝青的铁炮，而迤逦二十多英里的石堆和木栅，都不能应他的呼声。他们已经死了一个多世纪，一百多个春天都喊他们不应，何况他微弱的呼声。

不朽啊。年轻啊。如果要他作一个抉择，他想，他宁取春天。这是春天。这是古战场。古战场的四月，黑眼眶中开一朵白蔷，碧血灌溉的鲜黄苜蓿。宁为春季的一只蜂，不为历史的一尊塑像。让缪斯嫁给李贺或者嘉尔西亚·洛尔卡，可是你要嫁给我，他想。让冰手的石碑说，这是诗人某某之墓，但是让柔软的床说，现在他是情人。站在瞭望塔的雉堞后，站在浩浩乎复不见人的古沙场顶点，站在李将军落泪，米德将军仰天祈祷的顶点，新大陆的河山匍匐在他的脚下，四月发育着，在他的脚下，发育着、放射着、流着、爬着、歌着。茫茫的风景，茫茫的眼眸。茫茫的中国啊，茫茫的江南和黄河。三百六十度的，立体大壁画的风景啊，如果你在她的眸里，如果她在我的眸里，他想。中午已经垂直，阳光下，一层淡淡的烟霭自草上自树间漾漾蒸起。成群的鸟雀向远方飞去，向梅荪·狄克生线以南飞去。收回徒然追随的目光，惘然，怅然，他感到非常，非常饥饿。他想起古战场那边的石桥，桥那边的小镇，镇上的林肯广场，广场上，一座三层七瓴的老屋，他的公寓就在顶层，适宜住一个东方的隐士，一个客座教授，一个怀乡的诗人，而更重要的是，冰箱里有烤鸡和香肠，还有半瓶德国啤酒。

  附识：文葩（Barbara Wenger），班上一女孩，日耳曼后裔，德语文学系，宾州兰卡斯特人，常和另一同学贾翠霞（Patricia Cafey）来看作者，并赠以兰卡斯特的双黄蛋和新泽西州海边的连翘花。

黑灵魂

　　一片畸形的黑影压在我的心上,虽然这是正午。我和艾弟坐在人家石阶边沿的黑漆铁栏杆上,不快乐地默视着小巷的风景。这里应该算是巴尔的摩的贫民区。黑人的孩子们在烟熏的古红砖屋的后门口,跳舞、踩滑车,而且大声吵架。地下室的木板门,防空洞似的,斜向街面开着。突目、厚唇,毫无腰身的黑妇们,沿着斜落的石级,累赘地出入其间,且不时鸦鸣一般嘎声呵止她们的顽童。一个伛偻的黑叟,蹒蹒跚跚,自巷尾徐徐踱来,被破呢帽檐遮了一大半的阔鼻下,一张瘪嘴喃喃地诉说着什么。那种尼格罗式的英文,子音迟钝,母音含糊,磨锐你全部的听觉神经,也割不清。

　　"嗨,他们到底什么时候来开门?"

"你说什么？"

"我问你，看屋子的人什么时候才来开门？"

"看屋子的人……"破帽檐下的乱髭抖动着。"开谁的门嘛？"

"开爱伦·坡这间破屋子的门嘛！"

"爱伦·坡？谁是爱伦·坡？从来没有……"

一个彪形的中年汉子停下步来，恶狠狠地瞪着我们。我向他解释，我们是特地赶来参观爱伦·坡故宅的，开放的时间已到，门上铁锁依然拒人。

"我也不清楚，"黑彪皱起浓眉。他指指对街另一个黑人，"你们问他好了。"

"哦，你们要看坡屋吗？"一个满脸黑油满身污渍的工人，从一辆福特旧车下面钻了出来。"这家伙说不定的。有时候来，有时候不来。要是三点还不来，大概就不来了。"

我和艾弟再度走向坡屋。三级木梯上面，白漆的木门上悬着一面长方形的牌子，上书"艾米替街二〇三号，爱伦·坡之屋。参观时间：每星期三，星期六，下午一至四时"。门首右侧上端，钉了一块铜牌，浮刻着"爱伦·坡昔日居此"的字样。和这条艾米替街两旁的黑人住宅一样，二〇三号也是一幢两层的红砖楼房。十九世纪中叶典型的低级住宅，门面狭窄，玻璃窗外另装两扇百叶木扉，地下室的小门开向街上，斜落的屋顶上，另开一面阁楼的小窗。我和艾弟绕到屋后，隔着铁栅窥看了半天，除了湫隘局促的小天井外，什么也看不见。

　　来巴尔的摩，这已是第四次了。第二次和王文兴来，冒着豪雨。第三次，做客高捷女子学院昆教授（Prof. Olive W. Quinn of Goucher College）之家。那是星期天的上午，一半的巴尔的摩在教堂里，另一半，在席梦思上。正是樱花当令的季节，樱花盛放如十里锦绣，泣樱（weeping cherry）在霏微的春雨中垂着粉红的羞赧，木兰夹在其间，白瓣上走着红纹。人家的芳草地上，郁金香孤注一掷地红着，猩红的花萼如一滴滴凝固的血。我们开车慢慢地滑行，沿宽宽的查理大街南下，转入萨拉托加，折进这条艾米替街。因为下雨，我们仅在车中，隔着雨水纵横的玻璃一瞥这座古楼。之后我们又停车在港口，蒸腾氤氲的雨气中，看十八世纪末遗下的白漆楼船"星座号"。那是一个应该收进诗集的雨晨，虽然迄今无诗为证。

　　第四次，这一次重来巴城，是应高捷女子学院之邀，来讲中国古典诗的。演讲在晚上八时，我有一整个下午可以在巴城的红尘里访爱伦·坡的黑灵，遂邀昆教授的公子艾弟（Eddie）俱行。两个坡迷，从下午一点等到三点一刻，坡宅的守屋人仍未出现。我要亲自进入坡宅，因为自一八三二年至一八三五年，坡在此中住了三年多。事实上，这是坡的姨妈孀妇克莱姆夫人（Mrs. Maria Clemm）的寓所，坡只是寄居在此。也就是在这条街上，坡和他的小表妹，患肺病的维克妮亚（Viriginia）开始恋爱。一八三五年夏末，坡南下里士满去做编辑，维克妮亚和她妈妈克莱姆夫人跟了去。第二年五月十六日，他们就在里士满结婚。这是坡早期作品和恋爱的地方，这四面红砖之中。我想进去，看壁炉上端坡的油画像，看四栏垂帷的高架古床，和他驰骋 Gothic 幻想的阁楼。可能的话，我甚至准备用十元美金贿赂阍者，让我今夜演讲后回来，在坡的床上勇敢地一宿。不入鬼宅，焉得鬼诗？我很想尝试一下，和这个黑灵魂，这个恐怖王子这个忧郁天使共榻的滋味。即使在那施巫的时辰，从冷汗涔涔的恶魔中惊觉，盲睛的黑猫压在我胸腔，邪恶的大鸦栖在窗棂，整个炼狱的火在它的瞳中。即使次晨，有人发现我被谋杀在坡的床上，僵直的手中犹紧握坡的《红死》，那也不是最坏的结局……

"都快三点半了，"艾弟说，"那家伙还不来。我们走吧。"

"走，找坡的墓去。"

五月的巴尔的摩，梅荪·狄克生线以南的太阳已经很烈了。正是巴城新闻业罢工的期间。《太阳报》罢工，太阳自己却未罢工。辐射热熔化着马路上的柏油。鸟雀无声。市廛的嚣骚含混而沉闷。黑人歌者的男低音令人心烦。红灯亮时，被阻的车队首尾相衔，引擎卜卜呼应，如一群耸背腹语的猫。沿格林大街北上，走到法耶横街的转角，我们停了下来。地图上说，坡墓应该在此。从不到五英尺的红砖围墙外望进去，是一片不到半英亩的长方形的墓地，零乱地竖着白石的墓碑，一座双层的教堂自彼端升起，狭长而密的排窗，挺秀而瘦的钟楼，俯视着死亡的领域。忽然，艾弟喊我：

"余先生，我找到了！"

顺着艾弟的呼声跑去，我转过墓园的西北角。黑漆的铁栅上，挂着一面铜牌，上刻"爱伦·坡之墓"，下刻"西敏寺长老会教堂"。推开未上锁的铁门，我和艾弟跨了进去，坡的墓赫然就在墙角。说是"赫然"，是因为我的心灵骤受一震；对于无心找寻的路人，它实在不是一座显赫的建筑。大理石的墓碑，不过高达一人，碑下石基只三英尺见方。碑呈四面，正面朝东，上端的图案，刻桂叶与竖琴，如一般传统的文艺象征。中部浮雕青铜的诗人半身像，大小与真人相当。这是一面力贯顽铜的浮雕，大致根据柯尔纳（Thomas C. Corner）画像制成。分披在两侧的鬈发，露出应该算是宽阔的前额，郁然而密的眉毛紧压在眼眶的悬崖上，崖下的深穴中，痛苦、敏感、患得患失的黑色灵魂，自地狱最深处向外探射，但森寒而逼人的目光，越过下午的斜阳，落入空无。这种幻异的目光，像他作品中的景色一样，有光无热，来自一个死去的卫星，是月光，是冰银杏中滴进的酸醋。尖端下伸的鼻底，短人中上的法国短髭覆盖着上唇。那表情，介于喜剧与悲剧，嘲谑与恫吓，自怜与自大之间。青铜的鼻梁与鼻尖，因百年来坡迷的不断爱抚而灿然，一若镀金。不自觉地，我也伸手去抚摸了一刻。青铜在五月的烈日下，传来一股暖意。我的心打了一个寒战，鸡皮疙瘩，一波波，溯我的前臂和面颊而上。忽然，巴尔的摩的市声向四周退潮，太阳发黑，我站在十九世纪，不，黝黯无光的虚无里，面对一双深陷而可疑的眼睛，黑灵魂鬼哭狼嚎，迷路的天使们绝望地盲目飞撞，有疯狂的笑声自渊底螺旋升起。我的心痛苦而麻痹⋯⋯

"你看后面——"渊面的对岸，传来我同伴的声音。我撼了自己一下，回到巴尔的摩。绕到碑的背面，读上面镌刻的生卒日期，"一八〇九年一月二十日——一八四九年十月七日"。才如江海命如丝。这里，一抔荒土下，葬着新大陆最不快乐的灵魂，葬着侦探故事的鼻祖，浪漫到象征的桥梁，德意志的战栗，法兰西的清晰，葬着地狱的瘟疫，天才的病，生前的痛苦，死后的萧条，葬着最纯粹的恐惧，最残忍的美。百年后，灵散形殁，他已变成春天的草，草下的尸蛆。然而那敏感的、精致的灵魂泯灭在何处？他并未泯灭。只是，曾经是凝聚的，现在分散了，曾经作用在一具肉体的，现在作用在无数的肉体。当你昼思夜梦，当你狐疑不安，当你经验最纯粹的恐怖，你便是坡的化身。真正强烈地感受过的经验，永远永远不会泯灭。

坡死于一八四九年。最初，他的遗骸葬在祖父大卫·坡（David Poe）墓旁，虽然也在西敏寺教堂的坟场，但不见于格林街和法耶街的交角。三十六年后，才移葬到西北角，即今日石碑所在。同时，坡的夫人和岳母，也一并移骸埋此。坡是死在巴尔的摩的,但是他的死因迄今仍是一个谜。据说,一八四九年九月二十七日那天,坡自里士满乘汽船北上巴尔的摩,但最终的目的地是费城。当时他声名渐起,生活也稍宽裕。他终于抵达费城没有,我们无法确定,但是百年来的学者们都以为,在这段时期,坡曾拜访费城的几位朋友,而且不断饮酒。果真如此,则十月二日或三日左右,诗人必已重回巴尔的摩,因为我们确知一件事实,即是坡以半昏迷的状态出现于东龙巴街(East Lombard Street,在今巴城东南部,靠近港口)一家低级酒肆中所设的投票所外。发现他的是一个叫华尔克(Walker)的印刷工人。后之学者乃有一说,说诗人是给人在酒中下了蒙药,软禁起来,然后被打手们挟持着,在许多投票所之间反复投票。当日政党竞选剧烈,据说这种卑劣的手段甚为流行。可恨一代天才,竟充了增加几张烂票的无聊工具。华尔克立刻招来坡在巴尔的摩的一位朋友,叫史纳德格拉斯大夫(Dr. J. E. Snodgrass)的,将昏厥中的诗人送去华盛顿学院医院急救。十月七日,一个星期天的早晨,坡即在那家医院逝世。临终那几天,他始终未能清醒过来,解释自己何以昏迷在酒肆之中。

当晚八时,在高捷女子学院的学生中心,我的演说这样开始:"今天是值得纪念的,不但因为我竟有此殊荣,能来这里为各位介绍中国的古典诗,更因为今天下午,我在巴尔的摩城南瞻仰了你们的大作家,埃德加・爱伦・坡的故居,墓地,和普赖德图书馆中的坡室。坡的诗观和中国古典诗观遥遥呼应。他主张诗贵精练，不以篇幅取胜，所以长诗非诗。此说当为中国绝句的诗人们欣然接受。如果坡，带了他那卷薄薄的诗集，跨一匹瘦瘦的小毛驴，出现在八世纪的长安市上，由于不懂天可汗帝都的交通规则，他将撞到，请放心，不是为政党暴力竞选的恶棍，而是市长韩愈博士的轿舆。韩愈会邀请他同舆回府，把他介绍给长安的青年诗人们。必然必然，他会遇见李贺，一谈之下，狐仙山魅，固同好也。于是长安市民，五陵少年，将会见两人共乘蹇驴。坡的诗句，也会投入小奚奴的古锦囊中。迟早，他曾因酗酒被李贺的妈妈赶出大门。最后，长安的市民将看到他和贾岛，在破庙的廊下，比赛捉虱子。我真高兴，今天下午找到了坡的墓碑。我摸了他的鼻子。将来回到中国，我可以为中国的诗人们形容今日之游，而且也摸摸他们的鼻子，让他们传染一点才气……我真宁愿此刻自己不是在这讲台上，而是在坡的墓地，在月光下。今晚有很美的月光，不是吗？看到坡，你就会联想李贺的名句：'秋坟鬼唱鲍家诗'。And amidst yon autumn graves ghosts are chanting Pao's poetry（鬼魂在你的秋坟里吟诵着鲍的诗）。坡与鲍，Poe 与 Pao，只是一字母之差吧……"

  那夜演讲后，从巴城开车回来，月色奇幻得如此有意，又如此不可置信。已然是五月中旬了，太阳一落，气温仍会降低二十度。一上了围城的六道宽路，所谓 Beltway（环城快道）者，所有的车辆都变成噬英里的野豹，疾驰起来。时速针颤颤地指向七十。迅趋冰凉的夜气，湍湍灌进车来。旋上左侧的玻璃窗，打了一个喷嚏。绿底白字的路牌，纷纷扑向车尾。风景在两侧潺潺泻过。巴城渐渐抛在后面。唯有浑圆的月一路追了上来，在左后侧的窗外滚着清芒，牵动已经下垂的夜底面纱，和纱上疏疏朗朗的星子。此刻，八荒之外，六合之中，唯有这一个圆形主宰着一切。其他的形象皆暧昧难分，而且一瞬即逝，如生命的万态。夜凉在窗外唱太阳的挽歌。昼，夜，两个截然不同的世界。太阳与太阴是两个朝代。太阴推翻了太阳下面的一切，她的领域伸向过去，伸过历史，伸过青铜，伸过石器，伸向燧人氏火光不及的盲目和混沌。

我的小道奇向前平稳而急骤地航行，挺直的超级公路向前延伸，如一道牛奶的运河。月光的透明雨下着无声，无形的塑胶。而运河始终满而不溢，而疾转的轮胎始终溅不起月光的浪花。青莹莹，白悠悠，太阴氏的谜面下，一切死去的，逝去的，失去的，都在那边的转弯处，在你的背后你的肘边复活。只要你回头，历史和神话和传说和一切荒诞不经就在你背后显形。

不知道坡坎上的夜色何其？月光下，那雕像的眼睛必已睁开了，而且窥见我们窥不见的一切，听命于太阴氏的暗号的一切，望远镜、显微镜、潜水镜窥不见的一切。当我也到那边境，当我也死去、逝去、失去，当我告别这五英尺三英寸告别这一百一十五磅,我将看见什么,我将听见什么,当我再也听不见太阳的男高音,春天的芳草,夏天池塘的蛙鸣?忽有一股风来自颈背,来自死月穴的洞底,且吹向灵魂的每一道迭缝。车窗四面紧闭如故。然则风从何来,风从何来?风乎风乎,汝从何而来?停车路堤之上,跨出前座,拧亮车顶的小圆灯,向后座搜索了一阵。发觉并无任何可疑的痕迹,这才回到驾驶座上,发动引擎,拉下联动机柄,继续前驶。我虽崇拜坡,并无让他 hitchhike(搭便车),让他搭便车去葛底斯堡之意。不,我毫无此意,绝无此意。我可向冥王星发誓,我不欢迎坡跟我回古战场,古战场上,那座三层七瓴的古屋。梁实秋一再警告我,不要在美国开车。"诗人怎么可以开车!"我仍记得他当时的表情,似乎已经目睹一场日食星陨的车祸。我的心打了一个寒战。我是迷信的,比拜伦加上坡加上叶慈还要迷信。如果我确信,这车上只有一个,仅仅是一个诗人,而不是两个,则我可以安然抵达葛底斯堡。但是万一真有两个。万一。万一。万一。子魂魄兮为鬼雄。今夕何夕。后有黑灵。前有国殇。古战场已有鬼满之患。而夜色苍老。而月光诡诈。今夕,今夕是何夕?

塔

　　一放暑假，一千八百个男孩和女孩，像一蓬金发妙鬘的蒲公英，一吹，就散了。于是这座黝青色的四层铁塔，完全属他一人所有。永远，它矗立在此，等待他每天一度的临幸，等待他攀登绝顶，阅读这不能算小的王国。日落时分，他立在塔顶，端端在寂天寞地的圆心。一时暮色匍匐，万籁在下，塔无语，王亦无语，唯钢铁的纪律贯透虚空。太阳的火球，向马里兰的地平下降。黄昏是一只薄弱的耳朵，频震于乌鸦的不谐和音。鸦声在西，在琥珀的火堆里裂开。西望是艳红的熔岩，自太阳炉中喷出，正淹没当日南军断肠之处，今日艾森豪威尔的农庄。东望不背光，小圆丘上，北军森严的炮位，历历可数。华盛顿在南，白而直的是南下的州道。同一条公路，北驶三英里，便是葛底斯堡的市区了。这一切，这一圈连环不解的王国，完全属他一人所有。

葛底斯堡啊，葛底斯堡。他的目光抚玩着小城的轮廓。来这里半年，他已经熟悉每条街，每座有历史的建筑。哪哪，刺入晚空的白塔尖，是路德教堂。风雨打黑的是文学院的钟楼，雉堞上栖着咕咕的野鸽。再过去，是黑阶白柱的"老宿舍"，内战时，是北军骑兵秣马的营地。再过去，再过去该是他的七瓴古屋的绿顶了，虽然他的眼力已经不逮。就在那绿顶下，他度过寥落又忙碌的半年，读书、写诗，写长长的航空信，翻译公元前的古典文学，为了那些金鬈的、褐鬈的女弟子，那些洋水仙。那些洋水仙。纳伯克夫称美国的小女孩作 nymphet。他班上的女孩应该是 nymph，他想。就在那绿得不可能的绿顶下，那些洋水仙，那些牛奶灌溉的洋水仙，像一部翻译小说的女角那样，走进去，听他朗吟缠绵的"湘夫人"，壮烈的"国殇"，笑他太咸的鱼，太淡的黑莓子酒。他为她们都取了中国名字。金发是文芘。栗发是倪娃。金中带栗的是贾翠霞。她们一来，就翻出他的牙筷，每样东西都夹一下。最富侵略性的，是文芘，搜他的冰箱，戴他的雨帽，翻他的中文字典，皱起眉毛，寻找她仅识的半打象形文字。他戏呼她们为疯水仙，为希腊太妹，为 bacchanals。他始终不能把她们看清楚，因为她们动得太快，晃得太厉害。因为碧睛转时，金发便跟着飘扬。她们来时，说话如吟咏，子音爽脆，母音婉柔。她们走后，公寓里犹晃动水仙的影子。他总想让她们停下来，让他仔细阅读那些瞳中的碧色，究竟碧到什么程度。

但塔下只有碧草萋萋。晚风起处，脚下的新枫翻动绿荫。这是深邃的暑假，水仙们都已散了，有的随多毛的牧神，有的，当真回欧洲去了。翠霞要嫁南方的羊蹄人。文苾去德国读日耳曼文学。终于都散了，就这么莫名其妙地散了，正如当初，莫名其妙地聚拢来一样。偌大的一片校园，只留下几声知更，只留下，走不掉而又没人坐的靠背长椅，怔怔对着花后的木兰。牧神和水仙践过的芳草，青青如故。一觉醒来，怎么小城骤然老了三十岁？第一次，他发现，这里的居民多么龙钟，满街是警察、店员、保险商、收税吏、战场向道、面目模糊的游客。闷得发慌的下午，暑气炎炎，蟠一条火龙在林肯广场的顶空。车祸频起，救护车的警笛凄厉地宰割一条大街。

所以水仙们就这么散了。警笛代替了牧歌。羊蹄踹过的草地上，只留下一些烟蒂。临行前夕，神与兽，纷纷来叩门。"我们会惦记你的。"柯多丽说。"愿你能回来，再教我们。"倪娃拿走他的底片。一下午，羊蹄不断踢他的公寓。虬髯如盗的霍豪华，金发童颜的贝伯纳，邀他去十英里外，方丈城的一家德国餐馆，叫 Hofbrauhaus 的，去大嚼德国熏肉和香肠，豪饮荷兰啤酒。熏肉和香肠他并不特别喜欢，但饮起啤酒来，他不醉不止。笨重而有柄的史泰因大陶杯，满得欲溢的醇醪，浮面酵起一层汤汤的白沫，一口芳冽，顿时有一股豪气，自胃中冲起，饮者欲哭欲笑，欲拔剑击案而歌。唱机上回旋着德意志的梦，舒伯特的梦，舒曼的梦。绞人肚肠的一段小提琴，令他想起以前同听的那人，那人慵懒的鼻音。他非常想家。他尖锐地感到，离家已经很久，很远了。公寓里的那张双人床，那未经女性的柔软和浑圆祝福过的，荒凉如不毛的沙漠。那夜他是醉了。昏黄的新月下，他开车回去，险些撞在一株老榆树上。

第二天，他起得很迟。坐在参天的老橡荫下，任南风拂动鬓发，宿醒中，听了一下午琐琐层层细细碎碎申申诉诉说说的鸟声。声在茂叶深处渗出漱出。他从来没有听过那样好听的鸣禽，也从未像那天那么想家。他说不出是知更还是画眉。鸣者自鸣。聆者欢喜赞叹地聆听。他坐在重重叠叠浓浓浅浅的绿思绿想中。他相信自己的发上淌得下沁凉的绿液。城春。城夏。草木何深深。泰山耸着。黄河流着。而国已破碎，破碎，如一件落地的瓷器。东方已有太多的伤心，又何必黯然，为几个希腊太妹？他想起，好久，好久没接触东方的温婉了。隐身的歌者仍在歌着。他幻想，自己在抚弄一只手，白得可以采莲的一只手。而且吟一首《念奴娇》，向一只娇小的耳朵，乌发下的耳朵。隐身的歌者仍在歌着。

第三天，停车场上空落落的，全部走光了。园是废园。城是死城。他缓缓走下无人的林荫道，感到空前的疲倦。只有他不能离开，七月间，他将走得更远。他将北上纽约，循传说中惧内猎人的足迹，越过凯茨基山，向空阔的加拿大。但在那之前，他必须像一个白发的老兵，独守一片古战场。小城四郊的墓碑，多于铜像，铜像多于行人。至少墓碑的那一面很热闹，自虐而自嘲地，他想到。至少夜间比画间热闹。夜间，猫眼的月为鬼魂唱一整个通宵，连窗上的雏菊也失眠了。电影院门首的广告画，虚张声势，探手欲攫迟归的行人。只有逃不掉的邮筒，患得患失地伫立在街角。子夜后的班车，警铃叮叮，大惊小怪地穿过市中心，小城的梦魇陷得更深。为何一切都透明得可怕？这里没有任何疆界。现在覆叠着将来。他走过神学院走过蜡像馆走过郁金香泣血的广场，但大半的时间，他走在梦里走在中国走在记忆的街上。这种完整而纯粹的寂寞，是享受，还是忍受，他无法分辨。冰箱充实的时候，他往往一星期不讲一句话。信箱空洞的时候，他似乎被整个世界所遗忘，且怀疑自己的存在。立在塔顶，立在钢铁架构的空中，前无古人，后无来者，时人亦冷漠而疏远。何以西方茫茫，东方茫茫？寂寞是国，我是王，自嘲兼自慰，他想。她来后，她来后便是后，和我同御这水晶的江山。她来后，一定带她来塔顶，接受寂寞国臣民的欢呼，铜像和石碑的欢呼，接受两军铁炮冥冥的致敬，鼓角齐奏，鬼雄悲壮的军歌。她来后，一定要带她去那张公园椅子上，告诉她，他如何坐在那椅子上，读她的信。也要她去抚摸街角的那个信箱，那是他所有航空信的起站。她来后,一定要带她去那家德国餐馆,要她也尝尝,那种冰人肺腑的芳冽,他想。

她来后。她来后。她来后。他的生命似乎是一场永远的期待,期待一个奇迹,期待一个蜃楼变成一座俨然的大殿堂。期待是一种半清醒半疯狂的燃烧,使焦灼的灵魂幻觉自己生活在未来。灵魂,不可能的印第安雷鸟①,不可能柔驯地伏在此时此刻的掌中,它的翅膀更喜欢过去的风,将来的云。他钦羡英雄和探险家,羡他们能高度集中地孤注一掷地生活在此时此地,在血的速度呼吸的节奏,不必,像他那样,经常病态地生活在回忆和期待之中。生死决斗的武士,八肢互绞的情人,与山争高的探险家,他钦羡的是这些。他更钦羡阿拉伯的劳伦斯,同一只手,能陷城,也能写诗,能测量沙漠,也能探索灵魂,征服自己,且征服敌人。

但此刻,天上地下,只剩下他一人。鸦已栖定。落日已灭亡。剩下他,孤悬于回忆和期待之间,像伽利略的钟摆,向虚无的两端逃遁,而又永远不能逸去。剩下他,血液闲着,精液闲着,泪腺汗腺闲着,愤怒的呐喊闲着。剩下他,在恐惧之后回顾恐惧,危险之前预期危险。对于他,这是过渡时期,渡船在两个

---

① 雷鸟(thunderbird),印第安人传说中的巨鸟,两翼挟雷电风雨以俱来。美国一种高级轿车,以此命名。

岸间飘摆。这是大征伐中，一段枕剑的小小假寐。因为他的战场，他的床，他的沙漠在中国，在中国，在日落的方向，他的敌人和情人及同伴。自从他选择了笔，自从他选择了自己的武器，选择了蓝色的而不是红色的血液，他很久没有享受过深邃安详如一座寺院的暑假，如他现在所享受的一样。暑假是时间的奢侈品，属于看云做梦的少年。他用单筒的记忆，回顾小时候的那些暑假，当夏季懒洋洋地长着，肥硕而迟钝如一只南瓜，而他，悠闲如一只蝉。那些椰荫下的，槐荫下的，黄桷树荫下的暑假。读童话，读神话，读天方夜谭的暑假。那时，母亲可靠如一株树，他是树上唯一的叶子。那时，他有许多"重要"的同学，上课同桌，睡觉同床，记过时，同一张布告，诅咒时，以彼此的母亲为对象。那些暑假呢？那些母亲呢？那些重要的伙伴呢？

至少他的母亲已经死了，好客的伯母死了，在另一座塔下。那里，时间毫无意义地流着，空间寄托在宗教的租界。是处梵呗如呓，香火在神龛里伸着懒腰。他来自塔的国度。古老的上国已经陆沉，只留下那些塔，兀自顽强地自尊地零零落落地立着，像一个英雄部落的遗族。第二次大战后，他和母亲乘汽船，顺长江东下。蚁泊安庆。母与子同登佛寺的高塔①，俯瞰江面的密樯和城中的万户灰甍。塔高风烈。迷蒙的空间眩晕的空间在脚下，令他

---

① 事隔二十年，已忘塔名。倘有多情的读者见示，当于印书时注明。

塔

感觉塔尖晃动如巨桅,而他是一只鹰,一展翅一切云都得让路。十九岁的男孩,厌倦古国的破落与苍老。外国地理是他最喜欢的一门课。暑假的下午,半亩的黄桷树荫下,他会对着诱人的地图出神,怔怔望不厌意大利在地中海濯足,多龙的北欧欲噬丹麦,望不厌象牙海岸,尼罗河口,江湖满地的加拿大,岛屿满海的澳洲。从一本日历上,他看到一张风景照片,一列火车,盘旋而上庞伟的落基山,袅袅的黑烟曳在空中。他幻想自己坐在这车上,向芝加哥,向纽约,一路阅览雪峰和连嶂。去异国。去异国。去遥远的异国,永远离开平凡的中国。

安庆到葛底斯堡,两座塔隔了二十年。立在这座钢筋的瞭望塔上,立在二十年的这一边,他抚摸二十年前的自己,自己的头发,自己的幼稚,带着同情与责备。世界上最可爱最神秘最伟大的土地,是中国。踏不到的泥土是最香的泥土。远望岂能当归,岂能当归?就如此刻,山外是平原,平原之外是青山。俄亥俄之外是印第安纳之外是爱荷华是内布拉斯加是内华达,乌鸦之西仍是乌鸦是归巢的乌鸦。唯他的归送是无涯是无涯是无涯。半世纪来,多少异乡人曾如此眺望?胡适之曾如此眺望。闻一多如此眺望。梁实秋如此眺望。五四以来,多少留学生曾如此眺望?珊瑚色渐渐吸入加稠的怅青,西南仍有一派依恋的余光。葛底斯堡的方向,灯火零零落落地亮起。值得怀念的小城啊,他想,百年前的战场,百年后的公园,葛底斯之堡,林肯的自由的殿堂。一列火车正迤迤逦逦驶过市中心。当日林肯便乘这种火车,来这里向阵亡将士致敬,且发表那篇演说。他预感得到,将来有人会怀念这里,在中国,怀念这一段水仙的日子,寂寞又自由的日子,在另一个战场,另一种战争之中。这次回去,他将再度加入他的同伴,他将投身历史滔滔的浊流,泳向旋涡啊大旋涡的中心。因为那也是一种内战。文化的内战,精神的内战,我与自己的决斗,为了攻打中国人偏见的巴士底狱,解放孔子后裔的想象力和创造的生命。也许他成功。也许他失败。但未来的历史将因之改向。

但在回去之前,他必须独自保持清醒的燃烧。就如那边的北极星,冷静地亮着,不失自己的方向,且为其他的光,守住一个定点。夜色部署得很快,顷刻间,恫吓已呈多面,从鼠灰到黝青到墨黑。但黑暗只有加强星的光芒。星的阵图部署得更快,在夜之上,在万籁之上之上,各种姓名的光,从殉道的红到先知的皎白透青,一一宣布自己的方位。他仰面向北,发现大熊和小熊开阔而灿明,如一面光之大纛,永不下半旗,那角度,比中国所见的高出许多。抓住冻手的栏杆,他感到金属上升的意志和不可动摇的力量。他感到,钢铁的生命,从他的掌心、脚心上升,如忠于温度的水银,逆流而且上升,达于他的四肢,他的心脏。在一个疯狂的豁然的顷刻,他幻觉自己与塔合为一体,立足在坚实的地面,探首于未知的空间,似欲窃听星的谜语,宇宙大脑微妙的运行。一刹那,他欲引吭长啸。但塔的沉默震慑了他。挺直的脊椎，纵横的筋骨，回旋梯的螺形回肠，挣扎时振起一种有秩序的超音乐。寂寞啊寂寞是一座透明的堡，冷冷的高，可以俯览一切，但离一切都那么遥远。鸟与风，太阳与霓虹，都从他架空的胸肋间飞逝，留下他，留下塔，留下塔和他，在超人的高纬气候里，留下一座骄傲的水晶牢，一座形而上的玻璃建筑，任他自囚，自毁，自拯，或自卫。

编者附记：谢谢周弃子先生，本文在《文星》第九十三期发表的次日，他就写来这样一封信：

白帆老棣：

光中兄大作《塔》附注的问题解决了。安庆江边的那座寺和塔叫迎江寺振风塔。这是我的朋友廖寿泉告诉我的。他是安徽望江县人，在安庆住了很久。他现在是总统府的科长，古典诗作得极好。

请写信便中告诉光中，并代致想念！

后 记

《逍遥游》是一本颇为庞杂的散文集,有正规的和游击的文艺批评,也有抒情散文。写作的时间,从一九六三年的春天到一九六五年的春天。写作的地点,从台北到葛底斯堡(Gettysburg, Pennsylvania)。把它们搜集成书的,则为文星书店的白帆兄。

所谓正规的文学批评,是指《象牙塔到白玉楼》一文。记得当时,在厦门街寓所北向的书斋里,一连五六个春夜,每次写到全台北都睡着,而李贺自唐朝醒来。这篇文章,在资料的搜集和若干细节的处理上,得到孙克宽、周弃子、张健三位先生的协助,应该申谢。

据说,有的父母是偏心的。对于到目前为止的四个女儿,我

后记

觉得每个都像是从童话里刚掉下来的那么清丽而且可口。对于自己的作品，倒真是有点偏心的。以《逍遥游》一集为例，我的心，偏在后面的几篇自传性的抒情散文：《鬼雨》《莎诞夜》《逍遥游》《九张床》《四月，在古战场》《黑灵魂》和《塔》。在《儒家鸵鸟的钱穆》之类的文章里，我扮演的只是昼伏夜出一瞥即逝的江湖游侠。等到威加四海的大豪杰出现时，这类游侠就应该隐名埋姓了。在《逍遥游》《鬼雨》一类的作品里，我倒当真想在中国文字的风火炉中，炼出一颗丹来。在这一类的作品里，我尝试把中国的文字压缩，捶扁，拉长，磨利，把它拆开又拼拢，折来且叠去，为了试验它的速度、密度和弹性。我的理想是要让中国的文字，在变化各殊的句法中，交响成一个大乐队，而作家的笔应该一挥百应，如交响乐的指挥杖。只要看看，像林语堂和其他作家的散文，如何仍在单调而僵硬的句法中，跳怪凄凉的八佾舞，中国的现代散文家，就应猛悟散文早该革命了。

集以《逍遥游》为名，因为这原是现成的篇名。因为它融和了叠韵和双声的音乐性。因为这是我这次来美国前夕，站在回忆和预期之间如何征服彷徨之感的战史。更因为纪念，在中国人行路难的时代，我竟何幸，作异域的逍遥之游。中国人在美国，能够克服繁忙和寂寞，能够克服繁忙中的寂寞、寂寞中的繁忙，且维持自己的灵魂维持自己的灵魂于摇摇欲坠，是难而又难的。重来美国，已将九月，仍能继续创作，我的灵魂应该是有救的，啊缪斯!

　　是啊,来美国又已快九个月了。二百多个无欢的黎明,醒来,醒在异域的床上。寂寞是一座玲珑而透明的鸟笼,囚我的心如一只思归的燕子。葛底斯堡学院已经放暑期了,偌大的校园只剩下几只知更鸟,连那些曾经装饰过校园的金发和棕发,也统统谢了。大离别不够,还饶上一些小离别。每天日落时分,我攀上四层的瞭望塔,想越过内战,越过林肯的虬髯,看一张莲,看一张脸。但风景对眼睛说,你只能在马里兰的平地牧马。

图书在版编目（CIP）数据

逍遥游 / 余光中著. — 北京：中国友谊出版公司，2019.4（2022.11重印）

ISBN 978-7-5057-4675-6

Ⅰ.①逍… Ⅱ.①余… Ⅲ.①散文集－中国－当代 Ⅳ.①I267

中国版本图书馆CIP数据核字（2019）第069720号

著作权合同登记号　图字：01-2019-2424

本书由台北九歌出版社有限公司授权出版。

书名	逍遥游
作者	余光中
出版	中国友谊出版公司
发行	中国友谊出版公司
经销	新华书店
印刷	三河市嘉科万达彩色印刷有限公司
规格	880×1230毫米　32开 7印张　132千字
版次	2019年6月第1版
印次	2022年11月第3次印刷
书号	ISBN 978-7-5057-4675-6
定价	49.80元
地址	北京市朝阳区西坝河南里17号楼
邮编	100028
电话	（010）64678009

如发现图书质量问题，可联系调换。质量投诉电话：010-82069336